정은영 대표님께

그간 보내주신 지지에
  감사의 마음을 담아

  2021. 11. 9

    권 정 현

검은 모자를 쓴 여자

새소설
09

검은 모자를 쓴 여자

권정현 장편소설

자음과모음

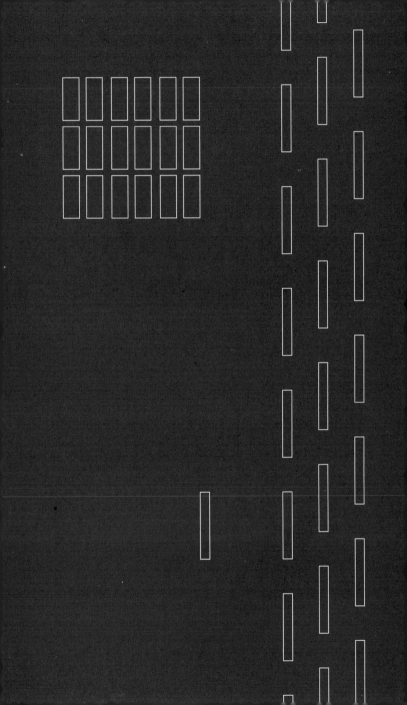

차
례

• 일러두기

본 책의 제목 『검은 모자를 쓴 여자』는 프랑스 화가 에두아르 마네(Edouard Manet)의 작품 ⟨La femme au chapeau noir : portrait d'Irma Brunner la Viennoise⟩(1880~1882)에서 차용했습니다.

검은 모자

지금도 민은 그날 보았던 검은 모자를 똑똑히 기억한다. 낯선 존재를 감싸고 있던 외피의 특징 중에서 유달리 검은색 모자를 기억하는 이유는, 모자의 검은 후광이 한 존재의 전체를 압도해버릴 만큼 강렬했기 때문이다. 그 존재가 어떤 옷을 입고 어떤 신발을 신었는지는 자세히 기억나지 않는다. 다만 늙은 여자의 손등처럼 누렇고 우둘투둘한 가로등 불빛이 거친 콘크리트 담장을 타고 비춰 올라간 곳에, 그 밤에 민이 보았던 짙은 어둠 전부를 머리에 히잡처럼 두르고 있던 검은 모자만큼은 지금도 섬뜩하게 뇌리에 남아 있다.

흔히 볼 수 있는 종류의 맥고모자였다. 그러나 모자의 주인이 남자였는지 아니면 여자였는지 나이가 몇인지 따위는 전혀 짐작할 수 없다. 심지어 그가 사람이었는지조차 확신할 수 없다. 분명한 건 그날 밤 그 존재가 가로등 밑에 서서 민을, 아니 그녀가 살고 있는 3층 베란다를 향해 알 듯 모를 듯 한 미소를 지었다는 점이다. 익숙한 사람이든 그렇지 않은 타인이든 미소라는 근육의 일그러짐에 담긴 의미는 쉽게 추측이 불가하다. 사랑하는 연인이라 해도 한 존재가 다른 한 존재에게 보내는 그 표정에는 수십, 수백 가지의 상념이 담겨 있기 마련이다. 대부분은 선한 의미로 다가오지만 전부 다 그렇다고 말할 수는 없다. 어떤 것은 의미가 모호해서 마음속에 온갖 미혹과 억측을 낳는다. 말하자면 그날 밤 검은 모자가 보여준 미소도 그런 종류의 것이었다.

민이 어떤 직감 혹은 특이점 속에서 창문을 연 건 정확히 새벽 2시였다. 새벽 2시는 대부분의 사람들에게 의미가 크지 않은 시간이다. 아무리 잠을 설친다고 해도 그 시간대는 깊은 잠에 빠져 있기 마련이었다. 하지만 그날의 민은 달랐다. 자정이 돼도 잠이 오지 않았다. 민은 낮에 신장개업한 골목 근처 수제커피전문점에서 무심코 사 마신 커피 때문일 거라고 짐작했다. 커피를 마시면 잠이 안 온다는 식의 강박은 그것이 사실이든 아니든 인지하는 순간 머릿속에 달라붙어 뇌를 지독하게 괴롭히는 법이니까. 자정이 되었을 때 민은 데운 우유를 마셨고 새벽 1시가 되었을 때 요가 자세를 취하며 가볍게 스트레칭을 했다. 그러고도 잠이 오지 않아 유튜브에 접속한 뒤 명상 채널을 클릭하여 '우리 삶을 충만하게 하는 긍정의 12가지 법칙' 같은 뻔한 소리를 듣고 또 들었다.

새벽 2시가 되었을 때 민은 몽유병에 걸린 것처럼 부스스 몸을 일으켰다. 누가 이끌었던가. 훗날 민은 그것이 자신도 알 수 없는 어떤 미혹이라고 정의 내렸다. 그 이끌림은 창문 밖으로부터 시작된 것이다. 어떤 소리가 들린 건 아니지만 민은 약간의 답답함을 느껴 베란다로 나가 창문을 열었다. 이웃 아파트의 거무스름한 형태가 어둠 속에 스며 있는 것을 보았고, 길고양이들의 통로가 된, 무너진 축대를 따라 내려간 곳에 고장 나 눈을 깜빡거리며 빛을 쥐었다 놓았다를 반복하는 가로등을 보았고, 다시 그 옆 관할 지자체에서 설치한 헌옷수거함과 그 속에 들어 있을 타인들의 껍데기를 생각했고, 그러다가 수거함 옆에 우두커니 서 있는 그 존재와 무심코 눈이 마주쳤던 것이다.

민은 잠깐 생각했다. 불과 20미터도 떨어지지 않은 곳에서 누군가 나를, 내 집을 엿보고 있다. 더구나 지금은 새벽 2시가 아닌가. 저 존재는 어떤 연유로 나를 보고 있는

가. 아니, 우리 집을 보고 있는가. 민은 당장 슬리퍼를 끌고 내려가 존재를 확인해보고 싶은 충동을 느꼈다. 일말의 찝찝함을 남겨놓고 싶지 않아서였다. 하지만 이내 회의감이 들었다. 어쩌면 입다 싫증 난 옷을 버리러 나온 건지도 모르지. 그러다가 나와 눈이 마주친 게 아닐까. 밤에 잠이 없는 사람도 많으니까. 그런데 왜 움직이지 않는 걸까? 왜 내 쪽으로 향한 시선을 거두지 않는 걸까. 심지어는 가로등 불이 빛날 때 잠깐 드러난 그의 얼굴은 묘하게 일그러져 있었다. 입꼬리가 올라간 것으로 보아 웃고 있는 게 분명했지만, 그럴수록 의혹은 더 짙어갔다.

민은 창문을 닫았다. 낯선 사람과 시비가 붙어 해코지를 당하고 싶지 않아서였다. 상대가 누구든 아침이 되면 잊힐 일이었다. 혹시 정신이 이상한 사람이라고 해도 아침이 되면 그 역시 간밤의 혼곤한 망상에서 깨어나 현실의 삶을 살아갈 것이었다. 그런 자들과는 엮이지 않으면 그만인 것이다. 서로의 삶이 일부분 겹칠 수밖에 없는 가까운 이웃일수록 그런 법이다. 그가 이웃이 아니라 지나치는 뜨내기라고 해도 생각은 같았다. 어느 정도 거리를 유지한 채 서로의 영역을 침범하지 않는 것. 물론 어둠 속에서 이웃의 창문을 오래도록 쳐다보는 행위는 충분히 무례한 짓이었다. 무례함에 대응하는 두 가지 방식 중에서 민은 소리를 치는 대신 창문을 닫는 법을 선택한 것이다.

안방으로 가기 전 아이의 방으로 가보았다. 동수는 까망이를 껴안고 깊이 잠들어 있었다. 지난 2년 동안 변함없이 보아온 풍경이었다. 고양이와 인간의 관계였지만 마치 형제처럼 둘은 자는 모습에서 밥 먹는 모습까지 붕어빵이었다. 민은 동수와 까망이의 돈독한 관계에 큰 의미를 두지 않았다. 자신이 동수에게 주어야 할 관심을 까망이가 대신하고 있으니 좋다면 좋은 일이었다. 조용히 문을 닫고 거실로 나왔다. 거실 터줏대감인 강아지 무지도 제집 안에서 자고 있었다. 입양할 때만 해도 서너 뼘에 불과했던 무지의 몸집은 이제 고개를 들면 민의 허리에 닿을 정도로 자라 있었다. 말 못 하는 짐승이지만 민은 무지를 볼 때마다 든든함을 느꼈다. 무지가 집 안을 지키는 한, 어떤 위협도 자신들의 영역으로 틈입해 들어오지 못할 것이라는 믿음이 있었다.

남편은 등을 돌린 채 자고 있었다. 남편을 깨울까 하다가 그만두었다. 코를 골지는 않았지만 남편이 깊은 수면 상태에 있다는 건 자세만 봐도 알 수 있었다. 더구나 출장이 잡혀 있는 남편은 평소보다 한 시간 일찍 일어나야 했다. 사무실로 가 회의를 하고 지방에 있는 영업점들을 돌고 와야 하는 일정이었다. 자칫 길이 막히기라도 하면 출장지에서 하루 자고 다음 날 집으로 돌아와야 했다. 남편은 전국에 90개의 대리점을 둔 프랜차이즈 외식업체의 관리팀 직원이었다. 그가 주로 하는 일은 본사에서 내려보내는 재료를 쓰지 않고 싼값에 자체 조달한 식재료를 쓰는 업장을 조사하는 일이었다. 때론 주방 위생 상태를 점검하기도 했고 일이 바쁠 땐 현장 오픈을 돕는 일에도 차출되었다.

피곤해. 정말 피곤해. 그래서일까, 남편은 늘 피곤하다는 말을 입에 달고 살았다. 그렇다고 남편이 가정에 소홀한 건 아니었다. 그는 민에게 누구보다 살뜰한 남편이었다. 연애 때보다 말수가 줄긴 했지만 외출할 땐 남의 눈을 의식하지 않고 다정히 손을 잡아주었고 민이 감기에라도 걸리면 회식도 포기하고 집으로 돌아와 죽을 쑤어주고 뜨거운 물로 민의 발을 씻겼다. 청소기를 돌리거나 설거지를 할때도 미루는 법이 없었다. 세탁기를 돌리고 나서 빨래를 너는 것도, 마른빨래를 걷는 일에도 남편은 적극적이었다. 모든 면에서 완벽하다고 할 순 없었지만 누구보다도 다정다감했다.

다음 날 아침, 늦잠을 잔 민은 9시가 되어서야 겨우 눈을 떴다. 남편이 빠져나간 이불은 아직도 둥글게 온기를 품고 있었다. 남편은 아침을 먹지 않는다. 전날 술을 마셔 속이 쓰릴 땐 우유 한 잔을 데워 마시는 게 전부였다. 남편이 문을 열고 밖으로 나가면 민은 습관처럼 베란다로 나가 남편의 자동차가 골목을 빠져나가는 걸 지켜보곤 했었다. 남편의 차가 보이지 않게 되면 비로소 하루가 시작되었고 남편의 차가 골목을 거슬러 올라와 주차장에 닿는 순간 설명할 수 없는 안도 속에서 초인종 소릴 기다렸다. 동수가 집에 머물게 된 후부터 그런 일들이 차츰 뜸해졌는데, 다행스럽게 남편도 변화에 둔감했다.

민은 기지개를 켜며 베란다로 나갔다. 모처럼 스모그가 걷힌 날이어서 찌르듯 비치는 햇살에 눈이 부셨다. 햇빛은 지저분한 골목의 민낯을 속속들이 드러냈다. 산허리에 위치해 있지만 쌍둥이처럼 닮은 두 동의 삼일아파트가 지어진 곳은 경사가 완만했다. 지난여름 홍수로 무너진 축대를 따라 종류를 알 수 없는 초록의 가시넝쿨이 무성하게 올라와 있었다. 그 밑으로 누군가 함부로 버린 페트병과 신발 두어 켤레가 제멋대로 나뒹굴었다. 축대 밑으론 콘크리트 벽돌을 쌓아 만든 담장이 S 자로 구부러지며 모퉁이를 돌아갔다.

헌옷수거함은 민이 사는 아파트와 맞은편 아파트 사이에 있었다. 담장 너머 위치한 경비실은 관리비를 줄이고자 경비를 없앤 탓에 비어 있었다. 그 위로 어지럽게 얽힌 전깃줄엔 까마귀 열대여섯 마리가 나란히 앉아 있었다. 외지인이 본다면 을씨년스러운 장면이었지만 겨울철이면 사방의 까마귀들이 이 근처로 몰려오는 탓에 민은 그 풍경이 낯설지 않았다. 삼일아파트 뒤편은 해발 200미터쯤 되는 산지로 이어졌고 산지 안쪽에는 텃밭 같은 것들이 드문드문 분포돼 있고 약수터를 지나 더 올라가면 자그마한 못도 있었다. 그래서 까마귀들의 출몰이 유독 잦은 거라고, 자신이 시골 출신임을 내세우며 남편은 아는 체를 하곤 했다.

민은 아침 준비를 위해 부엌으로 가기 전 작은방을 열어 보았다. 잠이 깬 동수는 침대맡에 기대앉아 까망이를 어르고 있었다. 고양이에 집중했기 때문인지 아직 잠이 덜 깬 건지 문을 열어도 동수는 민을 쳐다보지 않았다. 민은 밥솥에 넣어두었던 찐 옥수수를 꺼내 접시에 담고 두유를 데워 식탁에 올린 뒤 다시 아이 방을 두드렸다. 동수가 까망이를 품에 안고 식탁으로 다가와 앉았다. 아이가 두유가 든 유리컵을 입으로 가져가는 걸 확인한 민은 텔레비전 전원을 켜고 동수가 즐겨 보는 만화 채널을 찾았다. 텔레비전에선 수십 번도 더 본 〈톰과 제리〉의 추격 신이 특유의 긴장감 있는 음악과 함께 나왔다.

"엄마 잠깐 쓰레기 좀 버리고 올게."

민은 카디건을 걸치고 슬리퍼에 발을 끼워 넣었다. 겨울 추위가 물러간 뒤여서 약간의 쌀쌀함이 남아 있었지만 등으로 쏟아지는 햇볕이 제법 따가웠다. 헌옷수거함 앞에 선 민은 지난 새벽 정체불명의 존재가 섰던 자리에서 자신의 아파트를 올려다보았다. 이름은 아파트지만 빌라에 더 가까운 10층 아파트의 3층이 그녀의 집이었다. 일단은 가격이 도심의 다른 아파트보다 저렴했고 남편이 산을 워낙 좋아해서 조금 무리를 해 은행 대출과 함께 마련한 18평 집이었다. 내외부가 낡긴 했지만 내 집이라는 생각에 지금껏 별 불만 없이 살아온 곳이다. 시내 중심에서 떨어져 있긴 하지만 마을버스 두 정거장이면 지하철을 탈 수 있었고 외곽도로를 타기에도 손쉬워 지방 출장이 잦은 남편은 이곳에 만족해했다.

민은 간밤의 존재처럼 움직이지 않은 채 베란다를 응시했다. 잠을 설치다가 불현듯 몸을 일으킨 여자가 베란다로 나와 이쪽을 바라보는 장면이 상상되었다. 눈이 마주쳤지만 민은 시선을 돌리지 않았다. 상대에게서 두려움이 감지되었다. 아마도 수많은 미혹과 싸우고 있겠지. 남편을 깨워 밖으로 나와보거나 경찰에게 도움을 요청할 것이다. 하지만 그 방법들은 공연한 소란을 각오해야 한다. 다른 날과 다름없는 평화를 보장받기 위해서는 귀찮지만 문을 닫고 제자리로 돌아가는 방법이 현명할 것이었다. 과연 여자는 민의 짐작대로 베란다 문을 닫고 사라졌다. 거실에 켜져 있던 불도 곧바로 소등되었다.

익명의 존재는 그다음에 무엇을 했을까. 발길을 돌려 자신의 거처로 돌아갔을까. 아니면 아침까지 이곳에 남아 민의 아파트를 바라보고 있었을까. 헌옷수거함 주변엔 간밤의 의혹에 대한 어떤 단서도 남아 있지 않았다. 민은 꽃봉오리가 터지기 직전의 개나리들을 바라보며 골목을 돌아 내려가보았다. 왼쪽은 산허리여서 축대가 쌓여 있었고 오른쪽은 붉은 벽돌의 단독주택들이 담장을 맞댄 채 따개비처럼 붙은 전형적인 주택가였다. 2분쯤 걸어 내려가면 마을버스 종점을 만날 수 있다. 정류장 바로 앞은 다리가 불편한 할아버지가 운영하는 구멍가게여서 민은 내친김에 구멍가게 새시 문을 열고 들어갔다.

"할아버지, 아침에 혹시 이상한 손님 없었어요? 챙 있는 모자 같은 거 쓴 사람 말예요."

자주 들르는 곳이라 민은 별 망설임 없이 그렇게 물어보았다.

"글쎄, 못 본 거 같은데?"

할아버지는 기억이 안 난다는 듯 손에 든 파리채로 벽을 탁, 하고 때렸다.

"할아버지는 별일 없으시고요?"

민은 라면 두 개를 사며 형식적으로 물었다.

"뭐, 별일이 있간. 몸이 계속 안 좋아서 가게를 내놓았는데 보러 오는 사람도 없고. 무릎이 아파서 산에도 못 다니고……."

할아버지가 으레 노인들이 하는 신세타령을 했다.

"가게 내놓으심 생계는 어떻게 해요. 큰아드님은 연락이 되나요?"

노인에겐 아들이 둘 있는데 외국에 나간 작은아들 연락이 먼저 끊기고 지방 공사장으로 전전한다는 큰아들과의 연락도 작년부터 뜸해졌다고 했다.

"다행히 위에 세입자가 들어와서……."

"세입자요?"

"그려. 4월부터 30씩 받기로 해서 그나마 좀 나아졌지, 뭐."

노인은 8개월간 비어 있던 가게 2층에 세입자를 받았다고 했다. 아이들 키울 때는 부부가 2층에 살고 아래층에 가게를 냈는데 할머니가 이태 전 먼저 죽고 자식들하고도 연락이 끊겨 노인은 가게에 딸린 작은 방에서 생활하고 2층에 세입자를 들인 것이다.

"다행이네요. 교통이 불편한데 여기까지 오겠다는 사람이 있어서."

"그렇지. 친구가 근처에 살아서 이곳으로 왔다고 하던데 다음 주에 이사를 온다니까 갑자기 신경 쓸 게 많네. 도배

도 새로 해야 하고…….'

노인의 수다가 길어질 것 같아 민은 얼른 인사를 하고 가게를 나왔다. 자정까지도 가게 불이 켜져 있어서 마을버스를 놓치고 밤늦게 걸을 때 의지가 되는 집이었다. 월남전 참전 용사여서, 햇빛이 맑은 날 가게 평상에 앉아 번쩍거리는 훈장을 닦는 것도 여러 번 보았다. 강원도 철원에서 단기 하사로 군 생활을 마친 남편의 아는 척에 의하면 다섯 개 등급 중에서 네 번째로 분류되는 화랑무공훈장이라고 했다. 전투에 직접 참가하여 공을 세웠을 경우에 주어지는 훈장인데, 노인은 지금껏 누구에게도 자신이 참전한 전쟁에 대해 말을 한 적이 없다.

집으로 돌아와 식탁을 보니 옥수수가 담겨 있던 접시는 말끔히 비워져 있었다. 아이는 제 방 침대에 누워 있었다. 남편이 깰 즈음 잠이 깨는 동수는 민이 차려주는 늦은 아침을 먹은 뒤 다시 잠깐 잠을 자곤 했다. 민은 책꽂이에서 손에 잡히는 대로 그림 동화책 한 권을 꺼내 동수의 손에 쥐여주고 문을 닫았다. 한글을 거의 깨친 동수는 그림책 보는 것을 유난히 좋아했다. 책을 볼 때는 두 시간이든 세 시간이든 기척이 없어서 아이에게 무슨 일이 생긴 게 아닌지 걱정이 돼 문을 열어본 적도 적잖았다. 남편은 아이가 커서 작가가 될 거라며 좋게 생각했지만, 민은 다소 어른스러워 보이는 아이의 행동이 자주 마음에 걸렸다. 진지하게 대화를 나누기엔 어린 나이여서 일단은 지켜보는 쪽을 택했다.

늦은 아침으로 라면을 끓여 먹으며 민은 자신이 예민해진 것일지도 모른다고 생각했다. 라면을 다 먹고 나서 베란다로 나가 언덕과 주변의 집들을 내려다보았다. 산으로 연결되는 왼쪽 편엔 노란 느낌들이 도처에서 밀고 올라오는 게 보였다. 일주일 뒤면 구멍가게에 닿기까지 50여 미터에 이르는 골목 왼쪽이 노란 개나리로 뒤덮일 것이었다. 첫아이가 죽고 그 아이를 화장하여 수목장한 뒤, 금방이라도 쓰러질 것 같은 기분으로 남편과 함께 겨우겨우 집으로 돌아오던 봄이 생각났다. 그날 이후 봄만 되면 민은 감기를 앓듯 우울해졌다. 지난 새벽 보았던 정체불명의 그림자도 어쩌면 그런 예민함이 만들어낸 환각일지도 모른다고 민은 애써 위로했다.

하지만 그날 밤에 검은 모자로부터 촉발된 불안은 그 후에도 계속해서 그녀를 괴롭혔다. 민은 새벽 2시면 어김없이 베란다로 나가 헌옷수거함 주변을 살피는 버릇이 생겼고 구청 민원게시판에 접속하여 골목에 CCTV를 설치해달라고 청하기도 했다. 그날 자신이 본 것이 실제가 아닌 자신의 착각이었음을 어떻게든 확인하고 싶었다. 며칠 뒤 개나리가 흐드러지게 피어 그녀가 사는 아파트 주변을 노란색으로 물들이던 날, 마침내 더 참지 못하고 정신과를 찾아 상담을 받았다. 전에도 증세가 심해질 때마다 연례행사처럼 찾아가 처방전을 받아오곤 하는 곳이었다.

"저번보다 조금 더 세게 해드릴까요? 그대로 갈까요?"

그녀를 잘 아는 주치의는 매번 이런 식으로 약의 강도를 조절해왔다. 증세가 심할 때는 알약의 숫자가 늘었고 경증일 땐 한 알을 빼는 식이었다.

"일단은 비슷하게요. 자주 나오기 힘드니까 15일 치 정도로요."

약을 처방받아 오는 날이면 약을 먹든 안 먹든 마음속의 불안감이 현저히 줄어들어 좋았다. 약에 의존하면 나약해질지도 모른다는 생각에 민은 불안감이 심한 날에만 약을 선별적으로 먹었다. 그마저도 괜찮아진다 싶으면 쓰레기통에 버렸다. 의사는 약을 꾸준히 먹어야 한다고 매번 잔소리를 늘어놓았지만 민은 의사보다 자신의 느낌을 더 신뢰했다.

"특별히 달라진 환경은 없나요? 남편은 어때요?"

뭔가 더 말을 해줘야 할 것 같은 기분이 들었는지 의사가 민에게 물었다.

"그대로예요. 늘 바빠요…….."

"회사 생활은 어때요?"

민은 잠깐 누구의 회사를 묻는 것인지 헷갈렸다.

"저요? 저도 별문제 없어요. 일이 있을 때마다 조금씩 하는 단순한 알바인걸요."

민은 친구가 운영하는 작은 출판사에서 교정을 보거나 보도자료 쓰는 일을 도맡았다. 직접 출판사로 나갈 때도 있고 집에서 일하기도 했다. 일이 많을 땐 일주일 내내 바빴고 적을 땐 한 달 동안 일이 없을 때도 있었다. 페이가 많지는 않지만 그런대로 가계에 보탬이 되어서 성실하게 일을 해왔다. 은수가 죽고 나서 잡념을 떨쳐내고자 선택한 일이었다. 걸어서 30분쯤 거리에 출판사 사무실이 있어 운동 삼아 규칙적으로 오가기에도 괜찮았다. 출근하는 날엔 출판사 근처 전통시장에 들러 며칠 먹을 반찬을 샀고 한 달에 한 번 시장 근처 단골 미용실로 가서 머리를 손질했다.

"힘들면 참지 말고 바로 오셔야 해요……."

의사는 15일 치 처방전을 끊어주며 증세가 심해지면 다시 오라고 했다. 약국에 들러 약이 든 봉투를 받아 든 민은 이번에도 며칠 안 가 봉투를 쓰레기통에 처박을 것임을 예상했다. 아니, 그래야만 되었다. 자식을 잃는 일 같은 건 누구에게나 닥칠 수 있는 비극이니까. 힘들어도 최대한 빨리

21

현실로 돌아가야 하는 것이다. 불쑥불쑥 트라우마가 밀고 올라올 때마다 적극적으로 약을 처방받고 그래도 힘이 들면 남편을 졸라 여행을 떠나는 등, 자신에게 닥친 불행을 받아들이려고 노력해왔다. 자기 뜻대로 되지 않을 때가 훨씬 더 많았지만 가급적이면 긍정적으로 삶을 이어가고 싶었다. 평생 우울증 약을 먹으며 지옥처럼 살 생각은 추호도 없었기에.

병원을 나선 뒤 민은 무심코 고개를 들어 하늘을 보았다. 비행기 한 대가 비행운을 남기며 동쪽에서 서쪽으로 하늘을 가로지르고 있었다. 오늘따라 유달리 하늘 색깔이 파랗게 느껴졌다. 마치 바다 한가운데 와 있는 것처럼.

집 근처 지하철역에 내린 민은 동수를 데리러 가기 위해 유치원으로 향하다가 시간을 확인한 뒤 다시 집으로 발걸음을 옮겼다. 어차피 유치원 버스가 집 앞까지 아이를 태워다 줄 테니 아이를 데리고 힘들게 언덕을 올라갈 이유가 없었다. 더구나 아직 유치원이 끝날 시간도 아니었다.

마을버스 정류장을 향해 걷던 민은 놀라 걸음을 멈췄다. 남편이 그곳에 서 있었던 것이다. 자기 차가 있는 남편이 정류장에서 버스를 기다리는 모습은 낯설고 생소했다. 잘못 본 게 아닌가 생각했지만 회색 트렌치코트에 검은 바지, 흰 셔츠에 카키색 양모 조끼를 걸친 그는 틀림없는 남편이었다. 민은 남편을 놀래줄 생각으로 잠깐 동태를 살피다가 살금살금 뒤로 다가갔다. 하지만 이내 움직임을 멈춰야 했다. 남편이 옆에 있는 어떤 여자와 말을 하는 게 보였기 때문이다. 단순히 말을 하는 게 아니었다. 여자는 뭔가를 애원하는 눈치였고 남편은 얼굴을 찡그리며 화를 내고 있었다. 무슨 일일까? 머릿속에서 복잡한 생각을 할 틈도 없이 민은 두 사람 사이에 끼어들었다.

"여보, 왜 그래?"

갑작스러운 민의 등장에 남편은 당황해하며 얼버무렸다.

"다, 다 당신이 여기 웬일이야?"

"웬일이라니? 오늘 나갈 일 있다고 얘기했잖아."

"아, 그랬지……."

남편과 얘길 나누느라 방심한 사이 거짓말처럼 여자가 보이지 않았다.

"근데 누구야, 방금 그 여자? 왜 싸워?"

마을버스가 다가왔다.

"왜 대답을 안 해? 아는 사람이냐니까."

남편이 주변을 살피며 대답했다.

"알긴! 도를 아냐고 묻는데 관심이 없다고 해도 자꾸만 말을 걸잖아. 짜증이 나서 쏘아붙였더니 금세 어디로 사라져버렸네······."

민은 바로 납득했다. 그런 일은 아주 흔했으니까.

"미친년이 따로 없지!"

하지만 갑자기 튀어나온 남편의 과장된 반응에 민은 충격을 받았다. 민은 욕을 싫어한다. 못 배워먹은 사람들이나 그런 말을 하는 거라고 평소 생각해왔다.

"아무리 그래도 왜 그런 욕을 해? 평소엔 안 그런 사람이."

놀란 민은 남편을 그 자리에 둔 채 앞서서 걸었다.

"미안해. 기분이 안 좋은 날이었는데 이런 일을 당해서 나도 모르게."

눈이 커서 유난히 선해 보이는 인상의 남편은 미안해죽겠다는 표정으로 따라오는 내내 사과를 멈추지 않았다. 민은 구멍가게가 보이는 곳에 이른 뒤에야 마음을 풀었다.

"그래도 그렇지. 그런 말을 하는 사람이 어디 있어. 상스럽게."

"미안하다니까."

"됐고, 미안하면 아이스크림이나 하나 사시지."

단것이 먹고 싶어진 민이 가게를 가리키며 남편의 등짝을 때렸다.

"아이스크림? 열 개라도 사라면 사지. 근데 당신은 어딜 갔다 와?"

병원이라고 답하기 싫어 민은 남편에게 되물었다.

"그냥. 그런 당신은? 차는 어디다 두고 온 거야?"

둘은 잠깐 구멍가게 평상에 앉아 아이스크림을 핥았다.

"오다가 타이어가 펑크 나서 견인을 했는데 정비소에 갔더니 변속기가 망가져서 갈아야 한다는 거야. 오늘은 안되고 내일 찾으러 오라는군."

"짜증이 날 만했네. 그만 가자. 저녁 해줄게."

민은 자리에서 일어나 남편의 가방을 받아 든 뒤 오른손으로 그의 손을 잡았다. 남편의 상황도 모르고 화를 낸 것 같아 오히려 미안했기 때문이다. 노란 개나리들이 오늘따라 더욱 노랗게 두 사람을 지켜보았다. 민은 압도적인 노란색에 시선을 빼앗기지 않으려고 노력하면서 오늘 저녁 무엇을 해 먹을지, 저녁 찬거리를 고민하기 시작했다. 이럴 줄 알았으면 장을 봐 오는 건데. 하루 종일 바삐 돌아다녔을 남편의 몸에선 땀 냄새가 났지만 그 냄새마저도 민은 자신의 잘못인 것만 같아 미안했다.

민이 이상한 낌새를 눈치챈 건 헌옷수거함 앞에 다다랐을 때였다. 헌옷수거함을 보자 그날 밤 베란다에서 보았던 정체불명의 존재가 생각났고, 민은 애써 기억을 누르며 아파트 출입문으로 방향을 꺾었다. 그 순간 싸한 느낌이 등을 훑고 지나갔다. 출국장을 나설 때 엑스레이가 자신의 몸을 관통하듯 차가운 느낌이었다. 민은 깜짝 놀라며 몸을 홱 틀어 뒤를 돌아보았다. 구멍가게 근처에 이르기까지 사람은 없었다. 하지만 분명 누군가 자신들을 지켜보다가 황급히 숨어버린 여운이 느껴졌다. 직감으로 알 수 있는 그런 종류의 감각이었다. 몇 발짝 앞서가던 남편이 정류장에서와 비슷한 표정으로 물었다.

"당신, 왜 그래?"

민은 구멍가게로 이어진 50여 미터의 길을 손으로 가리켰다.

"저어기……."

"저기라니?"

"바, 방금, 뒤에서 누가 우릴 따라온 것 같은데……."

"누가 따라온다는 거야? 봐봐, 아무도 없잖아!"

남편은 이번에야말로 화가 좀 난 듯한 말투였다.

"아, 아냐. 내가 예민했나 봐. 얼른 들어가서 밥 먹자."

민은 웃는 얼굴로 남편의 옆구리를 툭 쳤다. 자신들을 지켜본 존재가 있었다는 확신이 들었지만 그런 일로 남편을 걱정시키고 싶지 않았다.

그날 밤 민은 정성껏 샤워를 하고 잠자리에 들었다. 저녁을 먹고 나서 조촐하게 맥주까지 한잔한 터라 여느 때처럼 남편이 자신을 원할 거라고 생각했다. 하지만 착각이었다. 남편은 민이 샤워를 마치고 나왔을 때 씻지도 않은 채 이미 잠에 빠져들어 있었다. 회사 일 때문이라고 짐작은 했지만 남편은 그날따라 예민했다. 술을 마시는 동안에도 걱정 있는 사람처럼 좌불안석이었다. 회사에서 무슨 일이 생긴 거냐고 물어보았지만, 별일 아니라며 민을 안심시켰다. 남편은 여간해서는 회사 얘기를 하지 않는 편이어서 더는 묻지 않았다. 민은 낮에 병원에서 받아 온 파랗고 흰 두 알의 알약을 삼키고 남편 옆에 누웠다. 바깥에서 컹컹 개 짖는 소리가 요란해 쉽게 잠을 이루지 못했다.

송장나비

어디서부터 기억을 끄집어내야 할까. 식탁 의자에 멍하니 앉아 있을 때마다 민은 자신을 둘러싸고 벌어진 일들이 꼭 아침드라마에서나 보던 이야기 같아 쓴웃음을 지을 때가 많았다. 몇 달에 한 번씩 잊을 만하면 찾아오는 우울증으로 인해 매번 약을 지어 먹고, 약으로 나약해지지 않기 위해 애써 받은 걸 쓰레기통에 처박는 삶. 겉으로 보기엔 별다른 빈틈이 느껴지지 않는 평범한 삼십대였다. 부부 모두 직장을 갖고 있었고 돈 문제나 주변 가족들로 인해 고통을 받은 적도 없었다. 일이 있는 날엔 일을 나가고 그렇지 않은 날엔 강아지 무지를 끌고 집 뒤 약수터까지 산책을 나갔다. 두어 달에 한 번은 남편과 외식을 하거나 영화를 보았고 남편이 직장에서 받은 리조트 숙박권으로 1년에 몇 번은 집을 떠나 호젓한 시간을 보내기도 했다.

　남편을 만나기까지의 삶에도 큰 굴곡은 없었다. 중산층까지는 아니지만 평범한 가정의 부모 밑에서 학자금 대출 한 번 없이 4년제 대학까지 마쳤고 아홉 살 때 맹장 수술한 걸 제외하면 특별히 병원 신세를 진 적도 없었다. 은퇴 후 천안으로 내려가 사시는 부모님은 제철마다 수확한 농작물을 보내올 정도로 건강해서 민의 삶에 별다른 걱정거리가 되지 않았다. 유일한 아픔이 있다면 대학 졸업 후 도전한 공무원 시험에서 4년 연속 불합격한 기억 정도일 것이다. 하지만 그때 학원에서 만난, 비슷한 처지의 남편과 가정을 꾸리게 되었으니 굳이 나빴다고만 할 수는 없었다. 남편도 그때를 떠올릴 때마다 종종 말하곤 했다. 우리가 만나기 위해서 당신도 나도 4년을 낙방한 거라고!

　남편을 만나던 날은 비가 많이 내렸다. 중간 규모의 태풍이 전국을 강타했다. 뉴스 화면에 비친 풍경 속에서 나뭇가지와 간판들이 어지럽게 날아다녔다. 한강 물도 누렇게 불어나 있었다. 마치 거대한 뱀 한 마리가 몸을 비틀며 꿈틀거리는 것 같았다. 공무원시험 준비를 위해 다니던 학원 휴게실에 앉아 밖을 살피던 민은 무서움을 느꼈다. 창밖을 바라보며 비가 그치기만을 기다렸다. 태풍이 닥친 바깥 세상은 너무도 위험해 보였다. 거꾸로 뒤집힌 우산을 쓰고 우스꽝스럽게 걸어가는 텔레비전 속의 사람들이 되고 싶지는 않았다. 하지만 스물일곱이나 먹은 여자를 데리러 올 부모는 없었다. 비가 오니 조심해서 들어오라는 엄마의 문자메시지 한 통이 전부였다. 외박을 한다 해도 누구 하나 문제 삼지 않을 나이가 되었지만, 민은 그런 자신이 스스로 어색했다. 그녀는 여전히 학원과 집을 시곗바늘처럼 오가는 학생이었다. 아니, 그런 위치이길 바랐다.

학원이 문을 닫을 때쯤 몸을 움츠린 채 현관으로 나섰다. 불을 끄려던 수위가 그녀를 잠깐 쳐다보았을 뿐이다. 사나운 비바람은 여전했다. 지하철역까지는 걸어서 5분쯤 걸리는 거리였다. 민은 어깨를 움츠린 채 바람을 밀듯이 앞으로 걸어갔다. 하지만 몇 걸음 못 가서 우산이 홀라당 뒤집히고 말았다. 마침 패스트푸드점 앞을 지날 때였다. 창가에 앉은 고등학생들이 자신을 보고 낄낄거리는 게 보였다. 하지만 우산 없이 지하철역까지 갈 자신이 없었기에 필사적으로 우산대를 붙잡았다. 그 순간 바람이 몰아쳤고 민은 우산을 놓쳤다. 우산은 순식간에 경계석을 넘어가 차도로 밀려갔다. 민은 뛰어가 우산으로 손을 뻗었다. 그러자 마치 자석의 반대 극처럼 우산이 몇 발짝 달아났다. 약이 오른 민이 우산을 향해 뛰어가려는 순간 택시 한 대가 라이트를 번

쩍이며 급정거했고 누군가 민을 낚아챘다.

민은 300여 명이나 되는 학원생 중에 남편도 포함되었다는 사실을 그날 처음 알았다. 식당에서 밥을 먹으며 공통과목을 수강하며 지하철역으로 향하며 수십 번도 더 서로를 스쳐 갔겠지만 도통 남편을 본 기억이 없었다. 사실 그건 남편이 아니라고 해도 마찬가지였다. 어느 날은 방금 강의를 끝낸 강사가 지하철 옆자리에 앉아 있다는 사실을 그가 내릴 즈음에야 알아채기도 했다. 그만큼 그녀는 자신의 주변에 무관심했다.

그런 민과 달리 남편은 민의 존재를 알고 있었다. 그는 지하 식당에서 밥을 먹을 때 우연히 몇 번 앞자리에 앉은 적이 있다고 고백했다. 항상 귀에 리시버를 꽂고 다니는 여자. 그래서 눈인사를 하기도 말을 걸기도 어려웠던 여자.

민은 그 시절 영국의 록그룹 핑크플로이드에 푹 빠져 있었다. 민은 언론에서 흔히 말하는 14년이나 빌보드 정상을 차지한 위대한 뮤지션이란 식의 과찬에는 관심이 없었다. 민은 오로지 〈The Dark Side Of The Moon〉만을 들었다. 만약 그 시절 식당에서 마주친 남편이 어깨를 툭 치며 민의 리시버를 빼앗아 자기 귀에 꽂았더라면 틀림없이 〈Speak To Me〉나 〈On The Run〉 같은 노래가 흐느적거리는 음색으로 고막을 울려대고 있었을 것이다. 그녀가 대단

31

한 음악적 안목으로 그런 노래들을 즐겨 들었던 것은 아니다. 학원으로 향하는 마을버스 안에서 우연히 그 음악을 들었던 날, 모의고사에서 가장 좋은 점수를 받았다. 민은 마음이 흐트러질 때마다 버릇처럼 〈The Dark Side Of The Moon〉을 들었고 그러면 마치 최면에 빠져드는 것처럼 마음의 안정을 되찾았다.

"그러니까 음악을 들은 게 아니라 명상을 하고 있었던 거지."

남편에게 민은 자주 그 말을 했다. 하지만 시험을 포기하고 노량진을 떠나온 이후 다시는 그 음악을 듣지 않았다. 정확히는 들을 이유가 사라졌다. 민의 남편은 2대 독자였고 빨리 가정을 꾸리길 원했다. 결혼 전 민은 어머니의 권유에 따라 요리학원엘 다녔고 십자수에 취미를 붙였다. 그것이 4년 동안 헌신한 노량진의 삶을 빨리 잊는 비결이었다. 그들은 노량진을 나온 뒤 2년 후 결혼했다. 결혼을 한 뒤에는 남편을 위해 찌개를 끓이고 전날 빨아 널어놓은 셔츠를 걷어 다리미로 다리는 보통의 삶을 이어왔다. 그런 장면들은, 그녀가 즐겨 보는 텔레비전 드라마에서 흔하게 나오는 전형적인 풍경이었다. 어렵게 얻은 은수가 세 살 되던 해에 죽지만 않았어도 민의 삶은 크게 바뀌지 않았을 것이다.

은수를 임신한 건 결혼 이듬해였다. 피임을 전혀 하지 않았음에도 한 해가 다 가도록 아이가 생기지 않았다. 생일을 맞아 인사를 드리러 갔을 때 시어머니로부터 병원을 한번 가보는 게 어떻겠냐는 말을 듣기도 했다. 그 말이 꼭 자신에게 문제가 있다는 것으로 들려 돌아오는 길에 남편과 말다툼을 했다. 하지만 두 사람은 휴게소에서 저녁을 먹고 나서 곧 화해했다. 남편이 아이를 낳지 않아도 자신은 별상관이 없다며 민의 편을 들었기 때문이다. 그 시절의 다툼이란 언제나 그 정도였다. 간혹 민이 화를 내거나 짜증을 부려도 남편은 결코 소리를 높이지 않았다. 조곤조곤한 태도로 자신을 변호하는 편이었다.

이듬해 3월, 민은 베란다에서 빨래를 널다가 화장실로 달려가 헛구역질을 했다. 노란 개나리가 축대 주변을 물들인 날이었다. 연락을 받은 남편이 조퇴를 하고 달려왔다. 두 사람은 병원으로 향했고 임신 3주 차라는 진단을 받았다. 두 사람은 아이 이름을 은수라고 지었다. 딸이든 아들이든 어느 쪽이 돼도 통하는 이름이었기 때문이다. 돌림자가 수(洙) 자여서 할아버지도 그 이름에 별다른 토를 달지 않았다. 다행히 배 속의 아이는 별 이상 없이 자랐다. 그러다 10월 중순 어느 날 산통을 느꼈고 병원으로 실려 가 예정일보다 일주일 빨리 은수를 낳았다.

"축하합니다. 아들이에요."

간호사가 인사를 건넸을 때 민은 눈도 뜨지 못한 은수를 품에 꼭 끌어안으며 눈물을 글썽였다. 형제들과 나이 터울이 커 외롭게 자란 탓인지 아이가 생겼다는 사실이 벅찰 만큼 기뻤다. 소식을 듣고 양가 부모님이 달려와 병실은 순식간에 가족 화합의 장이 됐다. 그만큼 은수는 여러 사람의 축복과 사랑 속에서 태어난 아이였다. 남편을 위해 찌개를 끓이고 셔츠를 다리는 삶에 은수라는 새 존재가 얹어졌지만 민은 기꺼이 그 수고를 받아들였다. 그즈음부터 공교롭게도 남편의 야근과 지방 출장이 잦아졌지만 이 또한 가족을 위해 생계를 책임져야 하는 일이니 당연하다고 생각했다. 남편이 없는 밤, 은수를 끌어안고 버티면서도 민은 별다른 투정이나 불만을 말하지 않았다. 그래도 힘든 날은 시골집의 엄마에게 전화를 걸어 이런저런 얘기를 쏟아내며 마음을 풀었다.

"원래 남자들이란 그런 법이야. 한창 일할 나이잖아."

엄마는 네 아버지도 그랬지 않느냐며 민을 다독였다.

"엄마, 근데 나는 어땠어? 어릴 때……."

민은 모처럼 엄마에게 어리광을 부렸다.

"둘째가 엄청 울어서 너도 걱정했는데 순둥이였지. 다른 건 몰라도 엄마는 너 키우면서 힘들다는 생각을 해본 적이 없다."

엄마가 그런 말을 하면 공연히 마음이 울컥해지곤 했다.

"아버지 때문에 힘들었잖아. 집 나가고 싶다는 생각은 안 했어?"

"얘는, 그런 거 생각할 시간이 어디 있었겠냐? 자고 일어나면 콩나물처럼 애들이 쑥쑥 올라오는데. 니 아버지 한 번씩 말썽 피우면 다 때려치우고 싶다가도 니네들 잠든 얼굴 보면 정신이 번쩍 들더라. 혹시 성 서방이 힘들게 하면 애 하나 더 있는 셈 쳐. 왜, 성 서방과 많이 안 좋아?"

"아니, 그 사람은 아무 문제 없어. 얼마나 순한데."

민은 엄마가 오해할까 봐 얼른 남편을 변호했다.

"애는 어때?"

"은수도 잘 지내지. 우리 둘을 쏙 빼닮은 것 같아. 방실방실 웃기도 잘하고."

은수는 지극히 온순한 아이였다. 12개월이 되자 일어서기 위해 몸을 움찔거렸고 14개월이 되던 어느 날, 오뚝이처럼 발딱 일어서서 제 엄마를 기쁘게 했다. 민의 기억 속에는 아이가 두 발로 아장아장 걸어가 퇴근하여 돌아오는 남편을 맞던 순간이 또렷하게 각인되어 있다. 아이를 번쩍 안아 올려 얼굴을 비비던 남편과 턱에 돋은 수염 때문인지 갑자기 울음을 터뜨리며 남편의 가슴에 오줌을 지려버린 아이, 그로 인해 그날 저녁 벌어졌던 한바탕 소동을 말이다. 남편은 기쁘게 아이를 씻기고 잠들 때까지 오래도록 안고 있었다. 식탁에 차려진 된장찌개를 어느 날보다 맛있게 먹어주었고 다음 날 아침 일찍 일어나 밤새 아이 때문에 잠을 설친 민을 위해 세탁기의 전원 버튼을 누른 뒤 차를 몰고 씩씩하게 축대를 돌아 내려갔다. 돌이켜 생각해보니 젖을 떼고 아이에게 분유를 먹이기 시작한 것도 그즈음의 일이었다.

같은 아파트에 갓 아이를 낳은 사람들이 더러 있어서 그들과 어울리는 일도 잦았다. 민은 이웃집으로 놀러 가 육아 정보를 공유했고 날씨가 맑은 날이면 유모차를 끌고 근처 공원으로 산책을 나갔다. 약수터에 갈 때는 흰 물통을 유모차에 달고 산을 오르기도 했다. 수시로 사람들이 지나치는 곳이어서 위험하다고 생각해본 적은 없었다. 다른 엄마들처럼 블로그에 아이 사진과 육아 일기도 올렸다. 너무도 평온하고 일상적인 삶이었다. 삶이란 이런 것이라고, 눈을 뜰 때마다 활기 넘치는 하루하루가 민의 앞에 펼쳐졌다.

세 살이 되자 아이의 얼굴 윤곽선이 분명해졌다. 시아버지는 자신의 이마와 시어머니의 하관을 닮았다고 말했다. 친정엄마는 코가 영락없이 내 딸이라며 좋아했다. 친정아버지는 남편의 입과 딸의 얼굴형이 조화를 이루었다며 사랑스러운 눈길을 보냈다. 사실 민의 생각은 달랐다. 아무리 봐도 아이는 남편을 닮은 구석이 없었다. 마치 혼자 잉태한 것처럼 자신을 쏙 빼닮아 있었다. 그 점은 남편도 인정했다. 자기보다 민을 더 닮은 것 같다고, 둘째는 꼭 자신을 닮았을 거라는 말도 덧붙였다. 물론 민은 둘째를 가질 생각이 조금도 없었다. 남편은 딸 하나쯤 더 가져도 좋다고 생각하는 눈치였고 아이가 자랄 때마다 에둘러 그 마음을 표현하기도 했지만 민은 한마디로 거절했다. 육아도 문제였지만 은수에게 조금 더 투자를 해서 좋은 환경에서 아이를 기르고 싶어서였다.

"애가 외롭지 않을까? 다들 하나는 좀 그렇다던데."

어느 날인가는 남편이 작정하고 민을 설득해보려고 시도했다. 그게 시작이라면 시작이었을까. 최초의 작은 금 하나로부터 낡은 담이 와르르 무너져 내리듯이. 그날 부부 사이에 작은 균열이 생겼던 것만은 틀림없었다. 일부러 의도한 건 아니었는데 그날 이후 민은 남편과의 잠자리가 조금씩 불편해졌다. 남편이 몸을 요구할 때마다 그것이 둘째를 갖기 위한 행동인지, 진심으로 자신을 사랑하는 몸짓인지 구분할 수 없었기 때문이다. 그럼에도 남편은 그 문제로 화를 내지는 않았다. 몇 번 몸을 엇대어오다가 민이 아이를 보기 위해 몸을 일으키거나 돌려 눕는 자세를 취하면 이내 포기하고 새근새근 숨을 골랐다. 그런 남편을 보며 민은 두 명의 아이와 함께 생활한다고 느끼기도 했다.

은수는 세 살 되던 해 거짓말처럼 부부의 곁을 떠났다. 그날은 토요일이었고 남편은 전날 출장을 가서 아직 돌아오지 않았다. 여느 날처럼 민은 젖병을 소독해 아이에게 분유를 물렸고 세탁기에 돌린 빨래를 꺼내 베란다 건조대에 하나씩 걸었다. 아침인데도 햇살이 눈부셨다. 민은 밥을 먹은 뒤 아이를 유모차에 태워 집을 나섰다. 구멍가게를 지나 공원이 있는 곳까지 내려가보았지만 같은 아파트의 엄마들은 만날 수 없었다. 민은 다시 아파트 근처로 올라갔고 헌옷수거함 뒤로 방향을 잡았다. 삼일아파트 뒷담을 끼고 우측으로 올라가면 약수터에 가 닿는데, 그날따라 어떤 힘에 이끌리듯 그쪽으로 향했던 것이다.

대체 그날 우리 가족에게 무슨 일이 벌어진 걸까. 민은 수시로 그날을 복기했다. 무엇에 홀리듯 길을 올라 약수터에 닿았다. 민은 빨간 바가지로 물을 퍼 목을 축였고 약수터 근처에 마련된 벤치에 앉았다. 오가는 사람들이 드문드문 있어서 무섭다고 느껴지지는 않았다. 남편도 주말에는 운동을 한다며 이곳까지 뛰어 올라와 허리돌리기 같은 걸 반복하다가 내려오곤 했다. 이름 모를 새들이며 운이 좋으면 청솔모도 목격할 수 있어서 민은 유모차 차양을 열고 저기를 봐, 저기를 봐, 하면서 계속해서 아이에게 설명했다. 그날따라 주변에 나비도 많았다. 온몸이 흰색인 송장나비들.

"엄마, 머야, 엄마, 머 머……."

은수가 입에 침을 흘리며 손가락으로 나비들을 가리켰다. 민은 별다른 생각 없이 송장나비라고 알려주었다. 아이는 이해를 한 건지 못 한 건지 나비에만 눈이 팔려 있었다.

"저건 송장나비야. 발음해봐. 소옹장, 나아비."

'송장나비'라고 발음하는 순간 불길한 기운이 슥, 하고 민을 베고 지나갔다. 송장나비에 대한 나쁜 믿음 때문이었다. 송장나비라는 말은 국어사전 어디에도 나와 있지 않다. 그럼에도 그녀가 고2 때 배운 문학 교과서 지문에는 송장나비라는 단어가 두 번이나 나왔다. 분명히 쓰이고 있는 말이었지만 표준어는 아니어서 민은 막연히 북한말이거나 방언일 거라고 생각했다. 그런 의문은 부모님과 함께 휴가차 서울 근교 계곡을 찾았던 이듬해 여름에 풀렸다. 충청도에서 유년 시절을 보내다가 서울로 이주했던 아버지가 자신이 아는 송장나비의 어원을 설명해주었던 것이다.

"이상하네. 그게 왜 사전에 없지? 다른 지방에선 뭐라고 하나 모르겠는데 충청도에선 봄에 나오는 첫 나비, 그중에서 흰나비를 송장나비라고 불러. 송장나비라는 종이 따로 있는 게 아니라 봄에 인간의 눈에 뜨이게 되는 첫 나비, 그 중에서도 온몸이 흰색인 나비를 통칭하는 거야. 하지만 그게 좋은 의미는 아니야."

"왜요, 아버지?"

민은 모처럼 아버지와 그런 대화를 할 수 있어서 좋았다. 아버지가 소싯적에 책을 좀 읽었다는 얘기는 들었지만 민이 기억하는 한 그는 평생을 말단 경찰로 살아왔기에 그날 아버지의 설명은 어딘지 낯선 구석이 있었다.

"예전에는 봄 되면 사람들이 참 많이 죽었어. 특히 시골에서 말이다. 보릿고개가 닥치면 늙은이들 먼저 죽고 그다음 못 먹은 애들 죽어나가고."

비로소 민의 머리에 겹쳐지는 그림이 있었다.

"초상을 치르려면 상여가 많이 필요했겠네요."

"그래. 왜 예전엔 죽은 사람을 송장이라고 했지 않니. 사람이 죽으면 관에 넣어 상여가 나가는데 흰옷을 입은 가족들이 장지까지 줄을 지어 따라가곤 했지. 찬란한 봄날, 밭둑 사이로 구슬픈 상엿소리에 맞춰 움직이는 상여 행렬을 생각해봐. 사람들은 봄이 오면 희망과 설렘 속에서도 두려운 죽음의 이미지를 함께 생각해야 했고, 전령사처럼 날아다니는 흰나비를 볼 때마다 혹시 자신이나 가족 혹은 가까운 사람이 죽지 않을까 불길한 기분에 사로잡히곤 했던 거야. 그래서 예전엔 첫봄에 들에 나가지 말라고 할머니가 늘 꾸중하시곤 했단다. 재수 없으면 송장나비를 만나게 된다고!"

몇 달 뒤 민은 수능학원 강사로부터 다른 해석을 들었다. 딱정벌레목에 송장벌레가 있는데 송장벌레는 죽은 곤충이나 벌레, 심지어는 뱀이나 새의 사체를 조각내어 땅에 파묻는 습성이 있으며 이는 땅속에서 몇 년씩 견뎌야 하는 송장벌레 유충의 먹이를 마련해주는 행위라고 했다. 송장나비의 경우에도 이렇듯 유충이 곤충이나 양서류, 새의 사체를 파먹고 자라나 흰 날개를 가진 나비로 변태하는 것이라고. 그래서 송장나비라는 이름이 아직도 시골에서는 흔하게 쓰이는 것이라는 해석이었다. 그럴듯한 말이었지만 민은 아버지의 해석을 더 선호했다. 과학적인 설명보다는 가슴에 와닿았기 때문이다.

송장나비가 한차례 약수터를 휘젓고 지나간 뒤 민은 요의를 느꼈다. 바로 근처에 구에서 마련한 간이 화장실이 설치돼 있었다. 하지만 계단이 높았다. 민은 다섯 계단이나 유모차를 끌어 올릴 힘이 없었기에, 유모차를 계단 아래까지 끌고 가 아이를 잠깐 기다리게 한 뒤 화장실로 들어갔다. 오가는 사람이 뚝 끊어져 약수터가 적막했지만 별달리 이상한 징후는 없었다.

볼일을 다 봤을 때 으앙, 하는 울음소리가 들렸다. 아이의 목소리 같기도 했고 짐승의 소리 같기도 했다. 아무튼 분간할 수 없는 소리였다. 갑자기 뭔가에 제압당한 것처럼 숨이 넘어가는 듯한 소리였다. 민은 서둘러 바지를 끌어 올렸고 화장실 문을 벌컥 열었다. 유모차는 화장실에서 10여 미터쯤 떨어진 곳에 차양이 덮인 채 얌전히 놓여 있었다. 어, 누가 차양을 덮어놓았지? 층계를 달려 내려가던 민은 자신도 모르게 악, 하고 비명을 질렀다. 아이가 유모차 뒤편 땅바닥에 떨어져 있었다. 그냥 떨어진 게 아니었다. 아이의 목이 비정상적으로 꺾여 있었다.

"은수야! 은수야!"

아이를 안아 올리며 민은 짐승처럼 울부짖었다. 도움을 청하기 위해 다급하게 주변을 살펴보았다. 평소라면 약수를 뜨거나 운동을 하는 사람들이 한두 명은 있을 텐데 마치 약속이나 한 듯이 자취를 감췄다.

"여기요, 중산동 약수터, 아이가 숨을 안 쉬어요. 수움을……."

민은 119에 구급차를 요청하는 한편 아이의 심장을 눌렀다 떼며 호흡을 되돌리기 위해 노력했다. 나중에야 안 사실이지만 아이의 사인은 목뼈골절이었다. 목이 부러지며 호흡과 심장이 거의 동시에 멈춰버린 것이다. 아이는 무언가

를 쫓듯 손을 뻗은 자세로 엎어져 있었다. 그것이 흰 송장
나비였는지, 아니면 어떤 익명의 존재인지 민은 끝내 알아
낼 수 없었다. CCTV가 없는 장소였기 때문에 그 짧은 순
간 누군가 아이를 공격했을 거라는 민의 주장은 받아들여
지지 않았다.

무지와 까망

"그냥 사고였을 뿐이야……."

아이의 유골을 나무 밑에 묻고 돌아오던 차 안에서 남편
이 말했다. 당시에는 그 말이 위로가 되어 민은 남편을 껴
안고 엉엉 울었다. 하지만 시간이 지나고 보니 오히려 그
말이 민의 마음을 불편하게 했다. 유모차에 앉아 엄마를
기다리던 세 살짜리 아이가 목뼈가 부러져 죽은 사건이었
다. 아이가 엄마를 찾아 유모차를 홀로 벗어나려 했다고
해도 목뼈가 부러져 죽는 경우는 흔치 않다. 변호사의 도
움을 받아 검시 기록을 다 뒤졌지만 국내에선 그런 사례
가 한 건도 없었다. 국외 사례의 경우에도 계단이라든지,
언덕 같은 장소에서 낙상한 경우가 대부분이었다. 도대체

남편은 무슨 의도로 사건을 덮는 데 급급했을까. 마치 형사들과 한통속이 된 것처럼 서둘러 사건을 마무리했고 집으로 돌아와 피곤하다며 잠에 곯아떨어졌을까.

"아이가 죽었는데 당신은 잠이 와?"

남편이 눈을 떴을 때 민은 머리를 헝클어뜨린 채 핏줄이 죄 터진 눈동자를 하고서 울고 있었다. 민은 한숨도 자지 못한 채 밤새 울고 또 울었던 것이다. 그런 날이 반복되자 남편은 조심스럽게 민에게 정신과 상담을 권했다. 민이 들은 척도 하지 않자 하루는 연차를 내고 반강제적으로 민을 차에 태워 병원으로 데려갔다. 민이 못 이기는 척 남편을 따라나섰던 건 의사가 최면 치료로 유명한 사람이라고, 그러니 정 힘들면 최면 치료를 받아보자고 남편이 설득했기 때문이다. 민은 그날의 진실만 알 수 있다면 뭐든지 다 할 준비가 돼 있었다.

내원 3회 차 되던 날, 민은 최면에 들었다. 혼자 병원을 방문한 날이었다. 아이가 죽던 날과 똑같은 풍경이 눈앞에서 재생되었다. 오감은 평소보다 몇 배는 더 예민해져 있었다. 마치 영사기처럼 눈앞에 화면이 흘러갔다. 유모차를 화장실 앞에 세우고 계단을 올라가는 장면에서 민은 몸을 비틀며 울부짖었다. 의사는 힘들면 장면 밖으로 빠져나올 수 있다며 민을 안정시켰지만 더 이상 깊이 들어가지지 않았다. 며칠 뒤 다시 최면 치료에 들었지만 그날의 사고와 연결된 특이한 장면을 찾을 수는 없었다. 아이는 문 건너편에 있었고 문을 벌컥 열었을 땐 이미 아이가 바닥에 떨어진 장면으로 곧장 연결됐다.

"지금 보이는 게 지극히 정상입니다. 만약 누군가 아이에게 위해를 가하는 장면이 보인다면 그건 망상이 개입하는 거니까요. 의학 용어로 딜루저널 디소더(delusional disorder)라고 합니다. 즉, 망상장애로 이런 증상을 겪는 사람들은 자기가 믿는 것을 만들어내는 특징이 있죠. 그러니까 하민 씨의 현재 상태가 지극히 정상이란 얘깁니다. 그날, 무슨 일이 벌어졌는지 직접 경험해보지 못한 걸 최면으로 알아낼 수는 없습니다. 오히려 약수터에 오르기까지 주변에 수상한 사람은 없었는지, 전후 배경을 알아내는 게 중요하죠. 그러니까 힘들었던 그 장면으로 자꾸 가지 마시고……"

민은 받아들이지 못했다. 아니, 받아들일 수 없었다.

"아니에요, 선생님. 그게 아닙니다. 가려져 있어요. 분명히 느껴지는데 보이지가 않아요. 커튼 뒤에 숨어서 조롱하는 것 같아요."

"누가요?"

민은 한참 뜸을 들이다가 대답했다.

"그, 그림자요……. 제 주변을 맴도는 게 느껴져요."

그 존재들은 꼭 가부키 극의 구로코(黒子) 같았다. 구로코는 가부키에서 검은색 옷으로 온몸과 얼굴을 가린 채 무대 장치를 바꾸는 인물을 말한다. 무대 위에 분명히 살아 움직이나 관객들은 그들을 없는 존재로 여겨야 한다. 민은 대학 때 '극의 이해' 시간에 그 존재들에 대하여 배운 적이 있었다. 막과 막이 바뀔 때마다 언제나 발소리로 다가오는 존재들, 희미한 비상구 등에 의지해 마룻바닥을 소란스럽게 밟으며 최대한 빨리 무대의 소도구들을 바꾸어놓는 존재 아닌 존재들, 조명 속에 결코 제 몸을 드러내면 안 되는 존재들, 없음으로 존재하는 그림자들……

"그럼 하민 씨가 보기에 그것은 선한가요? 아님 무섭나요?"

민은 즉시 대답할 수 없었다. 선한 얼굴이되 악을 감추고 있다. 어쩌면 그 반대인지도 모른다. 그것들은 순간 선하고 때론 악하다. 그러므로 한 뿌리에서 나온 표정일지도 모른다. 평범한 가장의 얼굴을 한 채, 가까이에 있는 이웃의 얼굴을 한 채, 한 존재의 내면 깊숙한 곳에 똬리를 틀고 앉아 존재와 그 주변 인물들을 갉아먹고 있는지도 몰랐다.

"그냥, 나, 나쁜 존재예요……"

"왜 그렇게 생각하죠?"

"아이를 앗아갔어요."

의사가 가벼운 한숨과 함께 말했다.

"혹시 종교를 가져볼 생각은 없으세요? 힘들 땐 종교가 도움이 될 거예요."

민이 의사의 눈을 쳐다보며 물었다.

"그 신은 과연 선한 분일까요?"

그 뒤 두 번이나 더 최면에 들었지만 민은 어떤 징후도 찾지 못했다. 풍경은 언제나 똑같았고 화장실 문을 열었을 때 고요히 놓여 있던 유모차로 모든 초점이 집중되었다. 민은 자신의 행동에 치를 떨었다. 아이를 두고 화장실에 가지만 않았어도……. 모든 게 자신의 책임인 것만 같았다. 아니, 수군거리는 주변의 눈빛들이 모두 그렇게 말하고 있었다. 부주의한 여자, 아이 하나 간수 못 하는 여자, 제 아이 잡아먹고 태연하게 사는 여자. 공원에 삼삼오오 모여 이야기를 나누는 여자들과 유모차를 끌고 가는 엄마들만 보아도 민은 참지 못하고 아스팔트에 주저앉아 엉엉 통곡했다. 정말로 자신에게 그런 일이 벌어진 건지, 꿈을 꾸고 있는 건지, 혼란스러운 기억이 머릿속을 엉망으로 휘저었다.

"누군가 있었다고! 분명 누군가 근처에 숨어서 아이를 해친 거야!"

민은 틈날 때마다 남편에게 호소했다. 처음엔 진지하게

듣던 남편도 그런 일이 계속되자 더 이상 민의 말을 듣고 싶어 하지 않았다. 아이를 잃고 3개월 가까이, 민은 백팩에 물과 간단한 음식을 넣은 뒤 등산로 주변을 샅샅이 뒤졌다. 범인은 수풀에 숨어서 민과 아이를 지켜보았을 것이다. 헌옷수거함에서 약수터까지는 시멘트로 길이 포장돼 있었고 만약 그 길에서 마주친 적이 있다면 민이 그를 기억 못할 리가 없었다. 어깨가 스칠 정도로 좁았기 때문이다. 그는 일정한 거리를 둔 채 민과 아이를 뒤쫓았고 민이 화장실에 들어간 일이 분 남짓한 시간 동안 유모차로 다가가 아이를 거꾸로 들어 올린 뒤에 땅으로 내리꽂았을 것이다. 그런 다음 재빨리 수풀 어딘가로 몸을 숨겼겠지. 그렇다면 어딘가에 그 흔적이 남아 있지 않을까. 그런데 대체 왜 내 아이를 노린 걸까.

민은 핸드폰으로 300장이 넘는 발자국을 찍었고 누군가 숲에 버리거나 흘린 휴지와 음료수병, 단추와 이쑤시개, 플라스틱 물병 같은 것들을 집으로 주워 와 하나하나 살핀 뒤 노트에 기록했다. 민은 이상할 정도로 그 일에 집착했다. 남편이 보기에 무엇을 발견하기 위해서라기보다는 그 과정을 통해 내면의 어떤 것들을 억누르고 있는 것처럼 보였다. 시간이 지날수록 민의 행동은 집착으로 변해갔다. 문방구에서 사 온 실험용 돋보기로 휴지에 묻은 이물질이 무엇인지 살피기도 했고 인터넷에서 얻은 정보를 이용하여 지문을 채취한다며 플라스틱 물병 표면에 요오드를 떨어 뜨리기도 했다.

"여보, 이것 좀 봐. 이상하지 않아?"

남편이 퇴근하여 돌아오면 비닐 팩에 담긴 물건들을 보여주거나 누구의 것인지도 알 수 없는 흐릿한 지문들을 보여주며 들뜬 표정으로 물었다.

"이제 그만하자. 그런다고 범인이 밝혀지는 것도 아니잖아."

보다 못한 남편이 울컥 목소리를 높였다.

"그렇다고 가만히 있을 수 없잖아. 뭐라도 해야지. 억울해서 어떻게 가만히 있어. 그러지 말고 이것 좀 보라고. 이건 아까 약수터 돌 틈에서 주운 건데, 누가 거기다가 이걸 쑤셔 박아놓고 갔지 뭐야."

그건 얇게 말린 팔토시였다.

"봐, 숲에 숨어 있느라고 나뭇가지에 팔이 긁히니까 이걸 착용한 게 아닐까?"

남편은 더 참지 못하고 민의 말을 잘랐다.

"범인이 나 여기 있다고 그걸 놓고 갔겠어? 산책 나온 사람들이 흘리고 간 거지. 여보, 괜한 고생 하지 말고 이제 그만하자, 응?"

그러면 민은 풀이 잔뜩 죽어 화장실로 들어가버리곤 했다.

민의 괴상하기 짝이 없는 수집 작업은 장마가 닥칠 때까지 계속됐다. 하지만 장마로 등산로 일부가 무너지고 약수터 주변이 흙탕물로 황폐화되면서 결국 끝이 났다. 장마가 한 가닥 남아 있던 흔적까지 모두 쓸어가버린다며 민은 우산도 없이 산비탈을 오르며 악을 썼다. 하지만 태풍이 지나가자 민은 이상하리만치 안정을 찾았고 더는 백팩을 메고 산을 오르는 일도 하지 않게 되었다. 베란다 한쪽에 모아두었던 쓰레기들도 죄다 봉투에 담아 버렸다. 남편이 보기에 민은 그날의 기억에서 어느 정도 회복된 것처럼 보였다.

표면적으로 민은 빠르게 제자리로 돌아갔다. 이듬해 봄이 되자 민은 여느 해처럼 노란 개나리를 보며 베란다에 서 있었다. 집을 나온 민은 약수터로 천천히 올라가보았다. 지난 가을과 겨울 동안 약수터는 복구되지 않은 채 방치된 듯 보였다. 그날의 사고가 있었던 이동식 화장실도 아래로 쓸려 내려와 흙에 반쯤 묻혀 있었다. 누군가 민원을 넣었는지 구에서 곧 복구공사를 할 거라고 했다. 그 얘길 들려준 사람은 구멍가게 할아버지였다. 민은 별다른 감정의 동요 없이 약수터를 내려왔고 구멍가게에 들러 라면 몇 봉지를 샀다.

"어디 갔다 오나 봐?"

할아버지가 잔돈을 거슬러 주며 물었다.

"예, 약수터에요. 공사 언제쯤 하나 보고 왔어요."

"곧 한다 하지 않어? 가을에 선거한다니까 부랴부랴 하는 거지. 약수터 있을 땐 아랫마을 사람들도 자주 올라오고 얼마나 좋았어. 지금은 낮에도 흉해, 사람 하나 없잖아."

민은 고개를 끄덕이는 척하며 서둘러 가게를 빠져나왔다. 흉하다는 말의 의미 속에, 약수터에서 벌어졌던 불행한 사건을 연결 짓고 있는 건 아닌지 마음이 불편했기 때문이다. 다시금 심장이 불끈불끈 뛰었지만 민은 평정심을 잃지 않았다. 같은 보폭으로 집으로 돌아왔고 고춧가루 한 스푼을 넣어 라면을 끓인 뒤 태연하게 먹어치웠다. 그사이 남편에게 전화가 왔지만 받지 않았다. 필시 사정이 생겨 늦는다거나, 어쩌면 출장지에서 하루 더 머물게 될지도 모른다는 얘기일 것이었다. 그즈음 남편의 회사는 유명 연예인을 동원해 대대적으로 마케팅 중이었고 일주일에 두세 군데씩 가맹점이 늘어가고 있었다.

하지만 그럴수록 부부 관계는 최악이었다. 아이가 죽은 후부터 민이 일절 잠자리를 거부했기 때문이다. 남편의 의도 있는 손길이 느껴지면 그녀는 매몰차게 손을 치웠다. 처음엔 남편도 그런 민을 이해하는 것처럼 보였다. 하지만 1년이 다 되도록 같은 일이 반복되자 더는 아내의 몸에 손을 대려고 하지 않았다. 대신 남편은 민이 읽기를 바란다는 듯 뜬금없이 책 몇 권을 사 와 거실에 두었다. 그러다가 하루는 진지하게 다른 병원에 가서 치료를 받아보는 게 어떻겠냐며 민의 눈치를 살폈다.

"병원에 가서 뭐라고 할까? 의사 앞에서 왜 남편의 몸이 싫은지 구구절절 얘기해야 하는 거야? 내가 이러는 이유를 당신도 잘 알잖아."

남편은 수긍하면서도 서운한 말투였다.

"알지, 그런 이유가 아니란 거. 하지만 그래도 당신은 상담이 필요해. 정 힘들면 장모님이라도 올라오시게 해서 같이 있는 것도 나쁘지 않을 것 같아……."

민은 알았다며 고개를 끄덕였다. 엄마가 옆에 있는 건 남편 말대로 나쁘지 않았다. 다만 걱정을 얹어주고 싶지 않아 주저했을 뿐이다. 하지만 병원을 옮기고 싶은 마음은 조금도 없었다. 여전히 마음이 혼란스럽긴 했지만 자신의 문제가 어디에서 시작되었으며, 어떻게 극복해야 하는지 모르지 않았기 때문이다.

"기다려줄 테니까 걱정하지 마. 우리 잘 이겨나가자."

남편이 민을 꼭 안아주었다. 그날 밤, 민은 남편의 품에 안겨 모처럼 깊은 잠을 잤다. 자신의 말대로 남편은 민에게 무리하게 잠자리를 요구하지 않았다. 그는 다른 때보다 더 아내를 배려하려고 노력했다. 하루는 별 웃기지도 않은 마술 도구를 가지고 와 공연을 한답시고 민을 어이없게 만들기도 했다. 민의 생일날에는 비싼 레스토랑을 예약하기도 했고 화장대 서랍 속에 손편지를 넣어두고 출근하여 민을 울게 만들었다. 그는 누구보다 노력하는 남편이었고 기다릴 줄 아는 사람이었다. 당장 눈앞에서 어떤 변화가 일어난 건 아니지만, 남편의 헌신적인 마음 앞에서 민의 마음도 서서히 안정을 찾아갔다. 하지만 남편의 은밀한 요구에도 불구하고 다시 아이를 낳고 싶은 마음은 조금도 없었다. 다시는 자식을 잃는 경험 같은 건 하고 싶지 않아서였다.

"당신이 정관수술을 했으면 좋겠어. 당신이 안 하면 나라도 하고."

어느 날 민은 작정하고 남편과 마주 앉았다.

"정말로 그러길 바라는 거야?"

"응, 또 아이를 낳고 기를 자신이 없어."

고심 끝에 민이 내린 결정 앞에서 남편은 당황했는지 말을 잇지 못했다. 며칠 고민하던 남편은 결국 양가 부모님께 말하지 않는 조건으로 정관수술을 선택했다. 무지를 입양한 건 그즈음이었다. 남편이 수술을 마친 날 둘은 삼겹살집에 들러 저녁을 먹었다. 그날 민은 남편에게 반려견을 기르고 싶다고 말했다. 주말에 둘은 인터넷 카페를 통해 3개월 된 그레이트데인 한 마리를 입양하는 절차를 밟았다. 민의 주치의도 반려견을 길러보라고 적극 권한 적이 있었다. 두 사람은 오랜 어둠 속에서 함께 터널 밖으로 빠져나가는 상상을 하며 개를 키우는 데 필요한 용품을 구입하고 거실 한구석에 그레이트데인의 집을 들였다.

"근데 왜 하필 이걸 골랐어?"

젖소처럼 얼룩무늬가 있는 그레이트데인의 옆구리를 쓰다듬으며 남편이 물었다. 민이 다른 개들은 거들떠보지도 않고 시종일관 그레이트데인에만 관심을 두었기 때문이다.

"나중에 다 자라면 덩치가 이만큼 커진데."

민이 과장된 동작으로 천장을 가리켰다.

"기린이냐? 밥만 축낼 텐데……."

"당신 없을 때도 든든하잖아. 산책을 갈 때도, 약수터에 갈 때도 무지를 데리고 다닐 거야."

"무지? 설마 무지가 개 이름인 거야? 너무 마음대로잖아. 나랑 상의도 없이."

남편은 입을 비죽 내밀었다.

"응, 난 무지로 할래. 토 달지 마!"

"이런. 완전 제멋대로네."

"한번 맞혀볼래? 왜 무진지?"

"한자어인가? 없을 무(無)에, 지혜로울 지(智)?"

"아니."

"그럼 일본어 무지(むじ)? 그건 무늬가 없다는 뜻이잖아. 안 맞아."

남편은 고등학교 때 제2외국어로 일본어를 배웠다.

"아니. 무지 크라는 의미에서 무지야. 잘 지었지?"

민의 말에 남편은 어이없다는 듯 헛웃음을 지었다.

민은 지금도 사람에게는 저마다 운명의 궤도 같은 것이 있어서 발버둥 치려 해도 기어이 그 궤도 속으로 끌려 들어가는 게 인생이라고 믿고 있다. 반려견을 입양한 며칠 뒤 민은 현관의 깨진 타일을 교체하고 방문에 새로 페인트칠을 하는 등 낡은 집 안을 수선한다고 소란을 피웠다. 마음에 들지 않던 소파도 내다 버리고 튼튼한 것으로 새로 장만했다. 주말에는 친정과 시댁을 차례로 방문하여 미리 준비해 간 음식을 나누어 먹었다. 반려견 입양 얘기도 빼놓지 않았다. 눈치 빠른 시어머니만이 곱지 않은 시선으로 개를 바라보았지만, 다른 사람들은 평소처럼 살갑게 그들을 대했다. 시아버지는 잘 키우라며 500만 원이라는 적지 않은 돈을 입금해주기도 했다. 아마도 열심히 살아보라는 무언의 응원이었을 것이다.

은수가 죽고 3년째 되던 해 겨울이었다. 크리스마스이

브 날 민은 남편과 함께 외출해 저녁을 먹고 로맨틱 코미디 영화 〈어바웃 타임(About Time)〉을 보았다. 그러고는 그대로 집으로 돌아가기가 아쉬워 얼마 전 개업한 동네 카페로 옮겨 와인을 마셨다. 와인 한 병을 다 비우고 밖으로 나왔을 때 거짓말처럼 눈발이 날리고 있었다. 아파트로 향하는 도로가 하얗게 눈에 덮이는 걸 보며 두 사람은 손을 꼭 잡고 걸었다.

카페에서 집까지는 300미터쯤 떨어져 있었다. 경사가 시작되는 지점에는 요석교회라 이름을 내건, 낡은 교회가 세워져 있었다. 목사 부부는 사십대쯤 된 사람들이었는데, 사이비라는 소문이 나서인지 평소에도 사람들의 발길이 뜸한 곳이었다. 그들은 교회 앞에 나와 지나가는 사람들에게 전단지를 나누어 주며 때가 도래했다고 외치는가 하면 우편함마다 '사탄'이니 '짐승의 표'니 하는 문구들이 새겨진 붉은 전단지를 주기적으로 넣어놓기도 했다. 은수를 잃은 뒤 상심해 있던 어느 날, 목사 부부가 무작정 찾아와 초인종을 누른 적도 있었다. 계속되는 벨소리에 화가 나 문을 열자 그들 부부는 끔찍한 소리로 민을 자극했다.

"믿음이 없으니 심판을 받은 거야. 더 늦기 전에 구원을……."

민은 하마터면 목사 부부를 복도 난간 너머로 밀어버릴

뻔했다.

"그 입 닥치세요!"

현관문이 닫히자 민은 그대로 바닥에 주저앉아 엉엉 소리 내어 울었다. 도대체 누가 인간을 함부로 심판하는가. 함부로 심판의 말을 운운하는가. 그들의 말대로 정말로 신이 있어서 자신에게 심판을 내린 거라면, 당장 그 신을 찾아가 따지고 싶었다. 믿지 않는다고 벌을 주는 신이라면, 믿는 자들에게만 천국을 약속하는 비이성적이고 폭력적인 신이라면 설령 그들 말대로 빛으로 가득한 천국이 존재한다고 해도 추호도 그런 천국 따위엔 들어가 살고 싶지 않았다.

"오늘은 문을 안 여나 봐?"

예전 일이 생각나 민은 다시 한번 몸서리쳤다. 크리스마스이브였지만 어떤 이유인지 교회에는 불이 꺼져 있었다. 크리스마스를 인정하지 않는 교파인 것 같았다. 그게 아니라면 이브에 불이 꺼져 있을 리가 없었다.

"여보, 저기 좀 봐……."

그 순간 운명처럼 그들의 눈에 작은 바구니 같은 게 들어왔다. 민과 남편은 불길한 느낌 속에 그쪽으로 다가갔다. 예감은 적중했다. 바구니 안에는 담요에 싸인 사내아이가 몸을 오들오들 떨고 있었다.

"세상에, 아기잖아."

민은 자기도 모를 연민에 아이를 들어 올려 품에 꼭 안았다. 그 순간 무언가 까만 물체가 바닥으로 툭 떨어져 내렸다. 새끼 고양이였다.

"어라, 고양이도 있네? 같이 버린 건가⋯⋯."

민은 황당한 마음에 말을 잇지 못했다.

"이러다간 아기가 얼어 죽겠는걸."

남편은 딱하다는 듯 혀를 끌끌 찼다.

신생아는 아니었다. 은수 또래로 보이는 아이였다. 누군가 아이를 낳아 기르다가 이곳에 버린 것 같았다. 한창 부모의 사랑을 받아야 할 어린아이가 영하의 추위 속에서 동면에 든 개구리처럼 웅크린 걸 보자 민은 울컥 눈물이 쏟아졌다.

"이 겨울에 아일 놓고 가면 어쩌라는 거야. 죽을 수도 있는데."

그렇게 말했지만 민은 자신이 그런 말을 할 자격이 있는 사람인지 죄책감이 들었다. 지옥문이 민의 눈앞에서 크고 컴컴한 입구를 펼쳐 보였다. 민은 그 문을 바라보지 않기 위해 안간힘을 썼다.

"나 참, 이걸 어떻게 하지?"

가만히 지켜보던 남편이 민을 현실로 불러냈다.

"신고를 해야 할 텐데. 안에 목사 부부도 없는 것 같고."

민은 교회 안을 흘깃 쳐다보았다. 창문으로 사람 그림자 같은 것이 잠깐 어른거렸다. 하지만 다시 보니 아무것도 보이지 않았다.

"그 사람들은 안 돼. 아이에게 무슨 짓을 할지도 몰라."

"그럼 경찰을 부르자."

차마 아이를 그냥 두고 갈 수는 없어서 민은 남편을 재촉했다. 그때 남편이 뜻밖의 말을 꺼냈다.

"오늘 크리스마스이브잖아. 경찰이 오려면 시간이 한참 걸릴 텐데, 이렇게 추운 데 애를 그냥 놔둬도 될까……."

"그래서, 설마 당신?"

"일단 우리 집으로 데리고 가자."

민은 미쳤냐며 남편의 등을 찰싹 때렸다.

"아니, 그런 의미가 아니고. 일단 데려갔다가 내일 신고를 해도 늦지 않다는 거지."

마음이 선뜻 내키지는 않았지만 민은 남편의 말을 따르기로 했다. 시야를 확보하기 어려울 정도로 쏟아져 내리던 눈송이 때문이었는지도 모른다. 아니면 방금 보고 나온 영화의 따스한 여운이 아직도 민을 떠나지 않고 있었거나. 그도 아니면 술기운 때문이었을 것이라고, 그것들이 갑자기 연민을 자극한 거라고, 민은 그날의 일을 떠올릴 때마다 혼자 버릇처럼 곱씹곤 했다. 아무튼 그 와중에도 민은 핸드폰을 꺼내 아이가 놓여 있던 그대로 사진을 찍어두었다. 도중에 두 번이나 미끄러질 뻔했지만 남편은 용케도 아이를 안고 집까지 갔다. 남편이 아이를 따스한 물로 씻기는 동안 찬장 서랍을 뒤지다가 오래된 젖병 하나를 발견했을 때 민은 피할 수 없는 운명이 닥쳐왔음을 예감했다.

"그냥, 왠지 그래야 할 것 같았어."

그날을 떠올릴 때마다 남편은 멋쩍게 웃었다. 아마도 남편에게 종교가 있었다면 십중팔구 신의 뜻이었다고 둘러댔을 것이다.

아이를 데려왔지만 입양 절차는 수월하지 않았다. 그들은 법률대리인을 선정하고 재판까지 받은 끝에 아이를 양육할 수 있는 권한을 얻었다. 이름은 동수로 지었다. 아이가 커도 입양 사실을 끝까지 말하지 않기로 부부는 굳게 약속했다. 아이가 받게 될 상처를 최소화하기 위해서였다. 부모님들을 설득하는 일도 결코 수월하지 않았다. 예상외로 시댁에선 입양을 반기는 분위기였다. 오히려 본가 쪽이 문제였다. 훗날을 예감하기라도 한 듯 민의 어머니는 입양을 못마땅해했을 뿐만 아니라 중간에라도 마음이 바뀌면 아이를 입양 기관으로 보내라는 당부를 몇 번이나 해서 남편 앞에서 민을 무안하게 만들었다.

그날 밤, 민의 식구가 된 건 아이뿐만이 아니었다. 가족들의 관심이 아이에게 쏠려 있는 사이 온몸이 까만 새끼 고양이 한 마리도 엉겁결에 민의 식구가 되었다. 고양이는 너무 까매서 마치 사방의 어둠을 꽁꽁 뭉쳐 하나로 압착해놓은 것 같았다. 아이도 작고 고양이도 작았다. 남편은 자기가 저지른 일을 책임지기라도 하듯 무지 옆에 고양이 집을 만들어주었다. 두 사람으로 단출하던 집 안이 갑자기 소란스러워졌다. 다행히 별다른 불협화음은 일어나지 않았다. 무지는 낯선 방문객들을 무덤덤하게 바라보는 쪽을 택했고, 까망이라는 이름을 갖게 된 고양이는 아이의 애정을 독차지했다. 남편 말을 빌리자면 복덩이가 넝쿨째 굴러 들어온 셈이었다.

도깨비풀

복덩이가 굴러 들어왔다는 남편의 말은 적어도 아이가 다섯 살이 될 때까지는 유효했다. 남편이 애초에 원했던 대로 민은 아이를 입양하고부터 눈에 띄게 밝아졌다. 죽은 은수의 기억을 전부 털어낸 듯 행동했다. 민은 다시 유모차를 들였고 아이를 위해 정성껏 식사를 준비했다. 맑은 날에는 아이와 공원으로 산책을 나갔다. 돌아오는 길엔 구멍가게에 들러 할아버지와 잡담을 나누기도 했다. 경사지 밑에 위치한 교회는 여전히 그대로였는데 폐업 상태인지 늘 문이 굳게 닫혀 있었다. 하지만 이따금 안에서 불빛이 비쳐 나오기도 했다.

"저 아래 교회는 이제 문 닫았나요?"

어느 날 무심코 물었을 때 할아버지가 기묘한 이야기를 들려주었다.

"안 그래도 거기 난리가 났잖아."

"왜요?"

"뉴스도 안 봐? 정신병 걸린 고등학교 여자애가 있었는데 부모가 저기 목사와 안면이 있었나 봐. 애를 고치겠다고 두들겨 패고 소금물을 먹여서 다음 날 퉁퉁 부은 채 숨이 끊어졌대. 교회는 폐쇄되고 목사 부부도 조사를 받고 있다던데……. 아마도 몇 년은 살고 나와야 할 거야. 앞날이 창창한 애를 그 모양으로 만들었으니."

길에서 괴이한 말로 전도를 하던 그들 부부가 생각났다.

"어쩐지 사이비처럼 보인다더니."

"의사도 아닌데 지가 무신 애를 살리겠다고. 쯔쯧."

할아버지가 혀를 찼다.

2층에 새로 이사 왔다는 세입자가 내려와 그들의 대화는 잠깐 중단되었다. 삼십대 초반쯤 된 여자는 민이 눈인사를 건네려 하자 관심이 없다는 듯 고개를 돌려 외면했다. 어디서 본 거 같은데? 짧은 순간 민은 기시감을 느꼈다. 하지만 그녀와 관련하여 딱히 기억나는 건 없었다. 여자는 빨간 고무장갑 하나와 담배를 주문했다. 물감이 알록달록 묻은 앞치마를 하고 있었는데 서양화에 등장하는 인물 같다는 생각이 잠깐 들었다. 구멍가게가 어두웠기에 실루엣이 뚜렷하지 않고 뭉개져 보였기 때문일 것이다. 화장 안 한 얼굴은 푸석해 보였고 실핏줄이 터졌는지 눈동자 주변이 붉었다. 전체적으로 차분해 보였지만 뭔가 말 못 할 비밀을 숨기고 있는 듯 얼굴에 그늘이 있었다.

"쥐가 나와요, 할아버지."

여자가 돈을 내밀며 말했다. 민은 여자의 말에 새삼 가게 안을 둘러보았다. 삼면을 메운 선반과 그 위를 채우고 있는 잡다한 물건들, 요즘도 이런 곳이 있나 싶었다. 천장엔 쥐 오줌이 가득했고 거미줄도 곳곳에 걸려 있었다. 만약 약수터 입구가 아닌, 조금만 더 아랫동네에 자리를 잡았다면 금방 편의점에 밀려 문을 닫았을 것이다. 가뜩이나 좁은 공간에 방까지 자리를 차지하고 있었다. 가게 문을 열 때마다 묵은 김치와 청국장 냄새가 풀풀 풍기며 그 집과 그곳에 사는 사람들의 이미지를 규정해버렸다. 하지만 가게 앞에 내어놓은 평상 하나만큼은 손님이 앉건 지나가는 등산객이 앉건 신경 쓰지 않고 반들반들하게 닦아놓아서 오고 가는 사람들에게 쉼터를 제공해주었다.

"지난번에 약을 쳤는데 또 그러네. 산이 가까워서 그런가."

노인이 미안해하며 변명을 늘어놓았다.

"괜찮아요. 잡으면 되죠, 뭐."

여자는 민이 있건 없건 담배를 한 개비 꺼내 불을 붙였다. 담배 연기를 싫어하는 민은 서둘러 밖으로 나왔다. 그 순간 작은 소동이 벌어졌다. 쥐 냄새라도 맡은 걸까. 유모차 안, 아이 옆에 얌전히 누워 있던 까망이가 튕기듯 유모차를 빠져나와 가게 안으로 뛰어 들어갔다. 낯선 장소에 가면 몸을 움츠린 채 좀처럼 움직이지 않는 까망이였다. 놀란 민은 까망이를 향해 소리를 질렀다.

"이리 와, 이리 오라고!"

그러나 까망이가 가게로 뛰어든 이유는 쥐 때문이 아니었다. 까망이는 여자를 향해 뛰어올랐다. 여자가 끔찍하다는 듯 까망이를 떼어냈다.

"하지 마. 갑자기 왜 이래."

민은 여자에게 사과한 뒤 까망이를 데리고 밖으로 나왔다. 잘못 본 것인가. 그 순간 민은 가슴이 철렁해서 걸음을 멈췄다. 유모차의 차양이 내려가 있었다. 하지만 아이는 무사했다. 다리가 풀려 금방이라도 주저앉을 것 같았다. 기시감 때문이겠지. 고양이에게 달려갈 때 자신도 모르게 차양을 덮었을 확률이 높았다. 햇볕이 따가웠으니까. 유모차를 밀고 올라오는데 서러움에 기어이 눈물이 쏟아졌다. 그런 민을 2층 계단에 선 여자가 안타깝다는 듯 내려다보았다.

그날 저녁, 남편은 다른 날보다 일찍 집으로 돌아왔다. 어디서 무슨 얘길 들은 건지 민의 안색부터 살폈다. 남편이 좋아하는 순두부찌개와 김, 오징어볶음으로 저녁을 먹으며 민은 낮에 겪은 황당한 일을 차근차근 설명해주었다. 남편은 애써 무심한 척했지만 주의 깊게 민의 말을 경청했다. 낮에 벌어진 사건보다는 민의 감정 상태를 확인하려는 듯했다. 민은 괜찮다고 말해주었다.

며칠 후 민은 고양이 집을 청소하다가 이상한 점을 발견했다. 남편이 인터넷으로 구매한 고양이 집은 지푸라기를 엮어 원형으로 만든, 선풍기 날개 크기의 집이었다. 방석을 깔아놓은 보금자리 안쪽에 검은 머리카락들이 엉켜 있었는데 놀랍게도 그건 민 자신의 머리카락이었다. 남편과 아이는 머리카락이 짧았다. 반면 웨이브를 준 민의 머리카락은 염색을 해서 붉은 갈색이었고 길이가 두세 뺨쯤 됐다. 마치 야생동물이 마른 풀잎을 둥지에 깔 듯 고양이는 제가 눕는 자리에 머리카락들을 깔아놓았다.

머리카락 뭉치를 쓰레기통에 넣으며 민은 이상한 습관을 가진 고양이라는 생각이 들어 마음이 찜찜했다. 그러나 이내 의심을 털어버리기 위해 머리를 흔들었다. 단지 우연으로 생긴 일일 뿐이라고 자신을 설득했다. 지나치게 예민해진 나머지 나쁜 기운들이 뇌 속으로 침입하는 거라고. 살다

보면 겪게 되는 부조리한 일들은 그런 식으로 인간을 갉아먹으니까. 건강한 육체와 정신을 갖지 못한 인간들은 언제든 함정처럼 도사린 늪에 발이 빠질 수 있다. 그런 유의 늪은 어디에든 존재했다. 빨래를 널던 베란다에도, 늦잠을 자고 일어난 침대맡에도, 무심코 지나치는 산책로에도, 가족을 위해 요리를 하던 냉장고와 가스레인지 주변에도.

"무슨 일 있었어? 표정이 안 좋아 보여."

퇴근한 남편이 물었다. 민은 쓰레기봉투를 열어 보였다.

"특이한 고양이네. 머리카락을 수집하고."

남편이 대수롭지 않게 대답했다.

"여보, 난 고양이가 마음에 안 들어."

민의 얘길 듣고 남편은 이번에도 한 귀로 흘렸다.

"당신이 예민해져서 그래."

그날 밤, 남편이 잠들기를 기다렸다가 민은 인터넷을 검색해 고양이의 특성을 찾아보았다. 고양이에 대한 글은 넘쳤다. 간혹 이상한 행동을 경험했다는 블로거의 글이 올라와 있기도 했지만 대부분 귀엽고 앙증맞은 짓들이었다. 그 어디에도 주인의 머리카락을 수집하여 바닥에 깔고 자는 고양이는 없었다. 거실로 나온 민은 잠든 고양이를 어둠 속에서 조용히 지켜보았다. 직감적으로 민은 고양이가 자지 않고 자신을 살피고 있음을 알 수 있었다. 주인이 없는 길고양이가 아닌가. 혹시 목사 부부가 기르던 고양이가 아닐까? 동수도 혹시 그들의 자식이 아닐까……. 불안에서 자라난 온갖 억측이 민의 마음을 괴롭혔다. 구멍가게 2층 여자를 향해 달려들던 행동도 이상했다. 마치 여자를 잘 알고 있다는 태도였다. 그게 아니라면 굳이 처음 보는 여자에게 고양이가 달려들 이유가 없지 않은가.

민은 까망이라는 이름부터가 마음에 들지 않았다. 남편은 무지의 작명은 양보했으니 고양이 이름은 자신이 지어야 한다며 까망이로 낙점해버렸다. 민이 별다른 토를 달지 않은 건 누가 보아도 그 이름이 잘 어울렸기 때문이다. 까망이는 정말로 온몸이 까맸다. 심지어는 눈동자까지 까만색이었다. 남편이 까망아, 하고 불렀을 때 고양이는 마치 그 이름이 익숙하다는 듯 조르르 달려와 남편의 손아귀에 머리를 들이밀었다. 깜짝 놀란 민이 당신 잘 아는 고양이냐고 물었을 정도였다. 남편은 말도 안 되는 소리라며 한껏 어깨를 으쓱거렸다. 길들여진 고양이들은 원래 손을 내밀면 금방 친근감을 표시하곤 해, 하면서.

까망이가 꺼림칙하긴 했지만 그렇다고 고양이를 돌보는 일에 소홀하지는 않았다. 민의 경계하는 태도를 읽기라도 한 것처럼 그날 이후 까망이는 머리카락 수집을 그만두었다. 민과 함께 있을 땐 가만히 제집 안에 엎드려 있다가 남편이 돌아오면 살며시 기어 나왔다. 무지와도 알게 모르게 틈이 생긴 것 같았다. 어느 순간부터 둘은 은근하게 서로를 경계했다. 남편은 견원지간이니 자연스러운 일이라고 안심시켰지만, 민은 자신이 모르는 사이에 까망이의 못된 장난이 무지에게 향하고 있는 건 아닌지 의심의 눈초리를 거두지 않았다. 외출을 할 때도 민은 무지를 데리고 나가 무지가 까망이와 둘만 있게 되는 상황을 피했다.

동수는 무지보다 까망이와 궁합이 잘 맞았다. 설거지를 하거나 남편과 잡담을 나누다가 문득 쳐다보면 동수는 까망이와 함께 거실을 뒹굴었다. 남편은 까망이가 있어 아이가 외롭지 않다고 했지만 그걸 바라보는 민의 시선은 항상 불편했다. 남편이 없는 날, 민은 그 이유가 무엇인지 곰곰이 생각해보았다. 처음부터 잘못 끼워진 단추였다. 고양이도 동수도 어느 날 갑자기 가족이라는 이름으로 부부 사이에 끼어 들어온 타자였다. 상처를 덮기 위해 급조된 환경이었다. 지금의 평화는 봄이면 무너진 축대 위에 흐드러지게 피어나곤 하는 개나리처럼 어딘지 위태로워 보였다. 축대가 무너지는 순간 노란 꽃들은 언제든 비명을 지르며 뭉개질 것이다.

초여름 장맛비가 한차례 아파트 주변을 훑고 간 어느 수

요일이었다. 민은 유모차에 아이를 태워 무지와 집을 나섰다. 다섯 살인 동수에게 유모차는 더 이상 필요가 없었다. 하지만 밖으로 나서자마자 동수는 보채며 유모차를 고집했다. 베란다에 내놓았던 유모차를 다시 가져와 걸레로 닦은 뒤 현관으로 끌고 나왔다. 아이를 태우자마자 제집에 들어앉아 있던 까망이가 달려와 동수의 품에 안겼다. 태생이 길고양이라서일까? 동수와 함께라면 어디든 따라나설 기세였다.

민은 대수롭지 않게 생각하며 무지와 연결된 목줄을 유모차 손잡이에 끼웠다. 밖으로 나오자 이번에는 무지가 말썽을 부렸다. 헌옷수거함을 지나쳐 약수터 쪽으로 향하려는데 갑자기 앞발에 힘을 주고 가지 않겠다고 버텼다. 민은 당황해하며 줄을 잡아당겼다. 이미 민의 엉덩이 근처까지 자란 무지는 힘이 만만찮았다. 마치 도살장에 끌려가는 소처럼, 무지는 제 목이 조여지는 것도 무릅쓰고 앞발로 버팅겼다. 하도 줄을 당기느라 유모차 손잡이를 놓칠 뻔했다. 민은 유모차를 세우고 무지와 눈을 맞추며 왜 그러냐고 물었다. 무지가 끼웅, 소리를 내며 머리를 기대왔다. 약수터 쪽으로는 발을 딛기 싫다는 듯이.

"정말 별일이네. 무지야, 왜 그래? 어디 아파?"

민은 자세를 낮추고 무지의 목덜미를 쓰다듬었다. 무지

는 그제야 못 이기는 척 버티던 앞발의 힘을 풀었다. 민은 유모차를 밀며 천천히 약수터로 올라갔다. 홍수가 지난 뒤 한동안 방치돼 있던 곳이었다. 시멘트 포장도로 주변으론 지난해 떨어진 낙엽들이 썩는 냄새와 새 움을 틔워내는 꽃나무들이 뒤섞여 묘한 냄새를 풍겼다. 그러나 약수터가 가까워지면서 풍경이 확 바뀌었다. 보수공사를 마쳤는지 도로 주변의 나무들은 잘 정리돼 있었고 못 보던 운동기구들까지 지형에 맞춰 알맞게 배치돼 있었다. 돌 틈을 타고 흘러내리던 약수는 간데없고 화강석으로 조각된 무지 크기만 한 두꺼비 입에서 물이 졸졸 흘러나왔다.

화장실도 약수터 가까운 곳에 설치돼 있었다. 예전 화장실이 있던 경사지엔 이름을 알 수 없는 나무들이 푸른 잎을 늘어뜨린 채 바람에 흔들렸다. 구멍가게 노인의 말대로 구에서 신경을 많이 썼다는 걸 알 수 있었다. 그래서일까, 방문객도 확연히 는 것 같았다. 아파트에서 약수터까지 오는 동안 열 명도 넘는 사람들이 민을 스쳐 갔다. 개중에는 걸음을 멈추고 거대한 무지에게 관심을 보인 사람들도 있었다. 약수터 뒤쪽 경사지엔 수령이 오래된 밤나무들이 마치 수호령처럼 진을 치고 있었는데 매미들이 잠시도 쉬지 않고 자글거렸다. 약수터를 재개장한 뒤 구에서 어떤 조치를 한 건지 까마귀들은 보이지 않았다.

해가 지고 있었다. 민은 준비해 간 플라스틱 통에 물을 받아 아이에게 한 모금 먹인 뒤 자신도 목을 축였다. 물을 마시자 공교롭게도 오줌이 마려웠다. 민은 유모차를 화장실 칸막이 바로 앞까지 끌고 갔다. 하지만 선뜻 안으로 들어갈 수 없었다. 지난 일일 뿐이야. 민은 자신에게 세뇌를 하듯 중얼거렸다. 충분히 이겨낼 만큼 시간이 지났다고 생각했다. 하지만 유모차를 세워두고 화장실로 들어갈 용기는 나지 않았다. 민은 집을 향해 유모차를 밀었다. 동수와 까망이는 여전히 형제처럼 달라붙어 조용히 흔들렸다. 무지 또한 낑낑거림 없이 유모차가 가는 방향으로 잘 따라왔다. 말 잘 듣는 아이처럼.

문제가 생긴 건 산책로를 따라 5분쯤 걸어 내려왔을 때였다. 갑자기 무지가 북쪽 능선을 바라보며 컹컹 짖기 시작했다. 그것도 모자라 당장 그곳으로 달려가기라도 할 것처럼 으르렁거렸다. 좀처럼 짖지 않던 무지였다. 같은 아파트 주민들로부터 시끄럽다는 민원을 들은 적도 없었다. 그런 무지가 무엇에 홀리기라도 한 것처럼 능선의 한 곳에 시선을 고정한 채 짖어댔다. 민은 눈을 작게 뜨고 무지의 시선이 향해 있는 곳을 살폈다. 나무 그림자들이 가지를 사방으로 뻗은 채 무심히 흔들리고 있었다. 날이 어둑해지고 있었으므로 민의 눈엔 전부 검은 그림자처럼 보였다. 조용히 해, 무지! 민은 무지를 달래며 유모차를 아래로 밀었다.

그때 갑자기 낑, 소리를 내며 무지가 땅바닥으로 나뒹굴었다. 무지는 화가 난 듯 단박에 몸을 일으켜 반격할 태세를 취했다. 방금 무슨 일이 벌어졌던가. 잠깐 사이 넋이 나간 민은 눈앞에서 벌어진 일을 슬라이드 필름처럼 복기했다. 무언가 까맣고 작은 것이 순식간에 휙, 눈앞을 스쳐 간 게 기억났다. 까망이였다. 무작정 짖어대는 무지를 향해 유모차에서 몸을 날려 순식간에 무지의 얼굴을 쳤다. 그러고는 요요가 감겨 돌아가듯 자연스럽게, 얌전한 태도로 동수 옆으로 돌아와 찰싹 달라붙어 있었다. 반격을 하려던 무지가 동작을 멈춘 것도 아이와 까망이가 가까이 있었기 때문이다.

"까망이, 너 왜 그래. 왜!"

무지의 눈에서 피가 흘렀다. 흥분한 민은 손바닥으로 까망이 머리를 후려쳤다. 까망이는 피할 생각도 하지 않고 악착같이 동수 옆에 붙어 있었다. 마치 그것만이 지금의 위기를 모면할 수 있는 유일한 방법이라는 듯이.

민은 손수건을 꺼내 무지의 눈 주위를 지혈했다. 왼쪽 눈꺼풀이 약간 찢어져 있는 것으로 보아 까망이가 무지의 눈을 노린 듯했다. 피가 멈추자 민은 허둥거리며 유모차를 밀고 집으로 돌아왔다. 현관을 열고 까망이를 집 안에 밀어 넣은 뒤 아이를 들쳐 업고 한 손으로 무지의 목줄을 단단히 잡았다. 교회 앞까지 걸어 내려오자 마침 손님을 내려주는 택시가 보였다. 무지의 덩치에 놀라 주저하던 기사는 요금을 두 배로 준다고 하자 타라며 고개를 끄덕였다. 민은 택시를 타고 가까운 동물병원으로 향했다. 병원을 찾느라 주변을 빙빙 돌다가 겨우 한 곳에 내렸다.

"고양이가 그랬다고요?"

수의사가 찢어진 부위를 바늘로 꿰매며 물었다.

"평소엔 얌전했거든요. 원래 고양이가 개를 공격하기도 하나요?"

"글쎄요, 혹시 공격을 하기 전에 꼬리로 바닥을 탁탁 치지 않던가요?"

"기억이 잘 나지 않아요······."

수의사가 고개를 갸웃하며 말했다.

"확신할 수는 없지만 리디렉티드 어그레션(redirected aggression) 현상으로 보입니다. 설명을 하자면 대상을 전회한 공격성이라고 할 수 있겠네요. 고양이는 화가 날 때 그 대상을 공격하지 못하면 다른 대상에게 공격성을 드러냅니다. 혹시 지나가는 다른 고양이를 보셨나요?"

"글쎄요, 저쪽에 뭔가 있었던 것 같은데 보지는 못했어요.

75

그런데 왜 하필 한집 식구인 개를 공격했을까요?"

수의사가 무지의 엉덩이에 주사를 찌르며 대답했다.

"불안을 해소하기 위해서였겠죠. 뭔가에 자극받아 적의를 느꼈는데 그게 바로 옆에 있던 개에게 향한 것 같습니다. 근처에 아마도 야생동물이 있지 않았을까 싶어요."

무지가 비정상적으로 짖던 걸 생각하자 수의사의 말이 그럴듯하게 들렸다.

하지만 집으로 돌아온 뒤, 상황을 하나하나 복기하는 과정에서 민은 고개를 갸우뚱했다. 산책할 때 길고양이나 개를 만난 적은 수십 번도 더 됐다. 그때 무지든 까망이든 특별한 반응을 보인 적은 없었다. 그곳이 약수터라는 특수한 공간이라고는 해도, 아파트 주변과 별반 다를 것이 없었다. 민은 무지의 후각만이 감지할 수 있는 아주 특별한 무언가가 그 시간에 수풀 너머에서 이쪽을 지켜보았던 것이라고 결론 내렸다. 그런 추측을 뒷받침하는 게 까망이의 행동이었다. 그 존재가 까망이와 한통속이 아니었을까. 그 존재를 무지가 발견하고 위협하듯 짖기 시작하자 불편함을 느낀 까망이가 무지를 공격한 게 아닐까.

"그런 일이 있었어?"

집에 온 남편은 이번에도 대수롭지 않게 들어 넘겼다.

"이상하지 않아? 무지는 약수터에 안 가겠다고 버티다가 올라가서 뭔가를 보고 계속 짖어대고, 까망이는 난데없이 그런 무지를 공격하고⋯⋯."

남편이 땀 냄새를 풍기며 뒤에서 민을 껴안았다.

"이상하다, 그치? 당신 추리는 꼭 공포영화의 한 장면 같아."

민은 신경질적으로 남편을 떼어냈다.

"나, 장난하는 거 아니라니까. 이러다가 무슨 일 생김 어쩌려고?"

남편이 샤워를 하기 위해 옷을 벗으며 대꾸했다.

"에이, 무슨 일이 생기겠어? 기껏해야 길고양이나 삵이겠지. 무지가 갑자기 발작을 하니까 까망이가 반응한 거고."

그 말을 남기고 남편은 화장실로 들어가버렸다.

민은 개수대에 쌓인 그릇들을 설거지한 뒤 무지를 살폈다. 낮에 무슨 일이 있었냐는 듯 태평하게 누워 자고 있었다. 아마도 약 기운 때문일 것이었다. 소파에 뉘여놓은 동수는 막 잠이 들었는지 가슴팍이 오르락내리락했다. 까망이는 제 얘길 하는 걸 아는지 모르는지 동수 옆에 붙어서 눈을 감고 있었다. 민은 까망이와 동수를 힐끔거리며 남편이 벗어놓은 옷을 치우려다 깜짝 놀라 뒤로 물러났다. 바짓단에 도깨비풀이 여기저기 매달려 있었다. 도깨비풀은 씨앗이 창 모양으로 길쭉하게 생겨서 동물의 털이나 인간의 옷에 묻어 다른 곳으로 번식한다. 자동차를 타고 도심을 돌아다니는 남편의 옷에는 절대로 묻을 수 없는 풀이었다.

"여보…… 이거 왜 이래?"

긴장을 했는지 민의 목소리가 약간 떨렸다.

"이게 뭐지?"

남편이 도깨비풀 하나를 바지에서 떼어내 형광등 불빛에 비춰 보았다.

"이거 무슨 풀 아냐?"

"도깨비풀, 숲길에 가면 바지에 자주 묻곤 하잖아."

민은 '숲길'이란 단어에 힘을 주었다. 민이 산책을 다니는 약수터 주변에도 도깨비풀이 무수히 자라나 있었다.

"어라, 그런데 이게 왜 여기 있지?"

"당신 바짓단에 엄청 묻어 있는데?"

민이 태연함을 가장하며 물었다.

"에이, 난 또 뭐라고."

남편은 별일 아니라는 듯 들고 있던 도깨비풀을 입으로 훅 불었다. 연기를 하는 게 아닐까, 남편의 얼굴을 유심히 살폈지만 그런 기색은 느껴지지 않았다.

"아까 퇴근길에 오줌이 엄청 마렵더라고. 고속도로에 갇혔는데 차는 잔뜩 밀리고 해서 갓길에 차 세우고 제방 아래로 내려가 해결했어. 그때 묻은 것 같은데?"

"그래? 찻길 옆에도 도깨비풀이 있나……."

남편은 어처구니가 없다는 듯 웃었다.

"그럼, 그때 아니고 언제 묻었겠어."

"……이리 줘봐, 뜯어내고 빨게."

민은 남편의 바지를 들고 화장실로 들어갔다. 변기에 앉아 도깨비풀을 하나하나 손으로 떼어냈다. 도대체 왜 이런 일이 벌어졌을까? 종일 일하고 온 남편을 순간이나마 의심했다는 생각을 하자 스스로에게 진절머리가 쳐졌다. 민의 의심대로라면 남편은 모종의 이유로 일찍 퇴근을 한 게 된다. 또한 그 모종의 이유로 차를 다른 곳에 주차한 뒤 집 밖에서 민이 나오길 기다렸다가 수풀을 밟으며 미행했을 것이다. 숲길 어딘가 자라던 도깨비풀이 그 와중에 다리에 달라붙었겠지. 하지만 도대체 왜? 아무리 생각해도 그럴 만한 이유가 없었다. 더구나 남편의 대답은 충분히 말이 되는 소리였다. 그런데도 알 수 없는 불안이 가시지 않아 민은 머리를 감싸 쥐고 고개를 숙였다.

헌옷수거함

"혹시 무슨 일 있니?"

엄마에게 전화가 걸려 온 건 오전 10시경이었다.

"별일 없는데. 엄마, 또 악몽 꾼 거야?"

민은 아무렇지 않다는 듯 대답했다.

엄마는 꿈자리가 뒤숭숭할 때마다 자식들에게 안부 전화를 돌렸다. 진짜로 꿈자리가 뒤숭숭해서 그러는 건지, 아니면 그걸 핑계로 전화를 하는 건지는 알 수 없었지만, 언제나 진지하게 꿈 얘기를 했고 매사 조심하라는 걱정의 말을 잊지 않았다.

"아휴, 뭔 꿈이 그 모양인지……."

"왜? 꿈에서 또 뭘 봤는데?"

"네 아버지 말이다. 네 아버지가 어디서 늙은 말을 한 마리 주웠다며 그걸 타고 따그닥따그닥 집으로 돌아온 거야. 너희들 어렸을 땐데 집 앞에 말을 떡하니 세우더니 갑자기 나를 말에 태우는 거야. 근데 그게 참 신기하더라. 첫째랑 둘째는 당연히 그래야 한다는 듯 나를 쳐다보는데 유독 너만 안 된다며 자지러지게 울더라. 평소 잘 울지도 않던 애가 그날은 무슨 일인지 팔다리를 버둥거리며 서럽게 우는 거야."

"진짜 이상한 꿈이네. 그래서?"

"네가 눈에 밟혀 안 타겠다고 버팅기는데 기어이 나를 말에 태우지 뭐야. 드디어 이 집을 탈출하는구나, 그런 마음에 말에 올라 터덕거리면서 골목을 빠져나가는데 답답하기도 하고 한편으론 시원섭섭하기도 하고 아무튼 기분이 묘하더라."

"엄마도 개꿈을 꾸네……."

신경이 쓰였지만 일단 엄마를 안심시켰다. 가만히 생각해보니 그 꿈이 어디서 비롯되었는지 짐작되는 바가 있었다. 지금도 민은 여섯 살 무렵 집 앞에서 벌어진 그 장면을 똑똑히 기억하고 있었다. 저녁상을 차려놓고 아버지가 오기를 기다리던 네 식구, 그때 바깥에서 울리던 익숙하지 않은 자동차 소리. 식구들이 밖으로 나갔을 때 대문 앞에

떡하니 주차돼 있던 검정색 구형 소나타. 엄마와 어떤 상의도 없이 아빠가 자동차를 할부로 들인 날, 엄마는 애써 차려놓은 밥을 한 숟가락도 뜨지 않고 친정으로 가버렸다. 그 일로 차 할부금을 갚느라 3년 가까이 허리띠를 졸라맸지만, 겨우겨우 할부가 다 끝나갈 무렵 아버지가 음주 사고를 내서 자동차가 폐차 처분됐던 씁쓸한 기억.

세 자식 중에서 엄마는 유독 민을 더 아꼈다. 매번 민은 그런 엄마의 손길을 느낄 수 있었다. 아마도 자신이 막내였기 때문일 거라고 민은 생각했다. 찬밥은 언니, 오빠에게 먹이고 새로 지은 밥을 민에게 먹였다. 계란이 한 개 남으면 그 계란은 민의 도시락으로 들어갔다. 아버지와 엄마가 싸울 때 다른 자식들은 방에서 나오지 않았지만 민은 둘 사이로 끼어들어 엄마의 품에 자주 안겼다. 성질머리가 좋지 않던 아버지도 그때만큼은 어쩔 수 없는지 문을 닫고 밖으로 나가버리곤 했다. 꿈에서 엄마를 보내지 않겠다고 울고 버티는 아이가 민일 수밖에 없는 이유다.

"너 진짜로 별일 없는 거지? 항상 조심해야 해. 힘든 일 있음 엄마에게 말하고."

몇 달 전부터 교회에 나가기 시작한 엄마는 매번 하던 말을 하고서 전화를 끊었다. 엄마와 통화를 하는 내내 민은 마음을 억눌렀다. 가뜩이나 불안한 꿈을 꾸고 자식이 걱정되어 전화를 한 엄마에게 불안을 얹고 싶지 않아서였다. 엄마는 민만큼이나 예민했다. 은수가 죽었을 때도 민보다 더 서럽게 울며 화장장을 지켰다. 그런 엄마가 교회에 나가면서 안정을 되찾기 시작한 건 정말 잘된 일이었다.

엄마에게 속 시원히 털어놓지는 못했지만, 그즈음 민은 두 개의 가능성 사이에서 갈등하고 있었다. 아이를 잃은 트라우마가 여전히 기억 어딘가에 남아서 계속해서 불안과 망상을 조장하고 있다는 의심과, 이 모든 기묘한 예감과 현상들이 단순히 기분 탓은 아닐지도 모른다는 생각이 그것이었다. 민은 냉정하게 이 문제를 관찰했다. 무작정 타인을 의심할 생각도 없었지만 그렇다고 해서 모든 걸 망상으로 돌리고 싶지도 않았다. 그렇게 치부해버리기엔 자신을 둘러싸고 벌어지는 일들이 미심쩍었다. 검은 모자의 환영을 자주 보게 된 것도 그즈음의 일이었다. 수년 동안 쌓여온 공포와 불안이 그녀의 내면에서 바깥으로 튀어나와 하나의 형태로 마침내 존재를 드러낸 것일까.

어느 토요일, 교회 앞을 지나가다 민은 또다시 이상한 예감이 들었다. 이번에는 교회 유리문이었다. 처음 동수를 발견했던 크리스마스이브 날처럼, 누군가 교회 유리문 안쪽에서 민을 쳐다보는 게 느껴졌다. 안에는 불빛이 없었고 출입문은 닫혀 있었다. 민은 유리를 통해 안을 들여다보았다. 자신이 착각을 하는 건지 증명해보고 싶은 마음이 앞섰던 것이다. 50평쯤 되는 전형적인 교회 공간이었다. 벽에 걸린 거대한 십자가와 설교를 하는 강대상, 그 밑으로 좌우 열을 맞춰 나란히 놓인 의자들. 로마의 경기장을 보듯 중앙을 향해 의자들이 배열돼 있었고 창문엔 짙은 암막 커튼이 드리워져 있었다. 눈을 씻고 봐도 사람의 기척 같은 건 느껴지지 않았다. 만약 누군가 유리문 안에서 이쪽을 보고 있다가 가까이 다가오는 상대를 발견하고 몸을 숨길 생각이었다고 해도 강대상까지 거리가 멀어서 시간적으로 여유롭지 않았다.

'정말로 나의 망상일까?'

의사와 남편은 적어도 그렇게 생각하는 것 같았다. 의사는 민이 겪고 있는 증상에 대하여 망상장애라고 단정 지었다. 머릿속의 망상이 환각과 환청, 환취 등으로 이어진다는 것인데 민은 동의할 수 없었다. 그런 증상은 조현병을 겪거나 극심한 우울증을 겪을 때 나타나는 것이지, 자신처럼 정상적인 삶을 살고 있는 사람에게 나타날 리 없다고 생각했기 때문이다. 또한 민이 때때로 느끼는 어떤 존재감은 환각도 환시도 아니었다. 민은 수면 상태가 아닌, 멀쩡한 상태에서 두 눈으로 그걸 목격하거나 경험한 적이 더 많았다. 무지만 해도 그랬다. 아무것도 없는 곳을 향해 짖었을 리 만무했다. 새벽 2시에 베란다에서 목격한 정체불명의 존재 또한 환시가 아닌 실재였다. 그것이 민과 관련이 있든 아니든, 그날 밤 누군가 혹은 무언가가 그 자리에 있었던 건 분명했다.

남편의 무관심 혹은 의례적인 반응은 민에게 자주 상처를 주었다. 이상하게도 이 일에 있어서만큼은 단 한 번도 민의 입장에서 이해하려는 태도를 보이지 않았다. 겉으로는 고개를 끄덕이며 들어주는 척했지만 남편의 얼굴엔 늘 피곤이 묻어났고 대수롭지 않다는 듯 받아넘기기 일쑤였다. 민의 하소연이 길어질 때마다 남편의 관심은 차츰 아이에게 옮겨 갔고 그러면 그럴수록 민은 집 안에서 홀로 고립되었다. 남편이 잠든 밤에도 민은 침대 옆으로 가지 못하고 거실에 앉아 맥주를 마셨다. 덩치가 훌쩍 커버린 무지만이 잠깐이나마 제집에서 나와 민의 가슴에 머리를 들이밀며 아픔을 달래주었다.

동수도 여느 아이처럼 살갑게 느껴지지 않았다. 민을 향한 아이의 반응은 어딘지 경직돼 있었다. 민을 엄마로 받아들이기보다 습관적으로 먹이를 얻어먹는, 다른 새의 둥지에 엉겁결에 끼어든 새끼 뻐꾸기 같았다. 민이 조금이라도 한눈을 팔면 거실에 앉아 바닥에 제멋대로 낙서를 하고 옷장의 옷들을 마구 꺼내 흩어놓기도 했다. 그 나이대 아이

들이 대부분 천방지축이지만 민에게는 그런 장면들이 이질적으로 다가왔다.

동수가 여섯 살이 되던 해 3월이었다. 모처럼 맞은 주말, 민은 동수를 데리고 아파트 뒤편 구릉으로 올라갔다. 어제 오후, 엄마와 통화를 하다가 쑥이 알맞게 올라왔다는 얘길 듣고 봄나물로 된장찌개를 끓여내고 싶었던 것이다. 작년 이맘때 시골에 내려가 엄마와 함께 나물을 캤던 기억도 새삼스러웠다. 호미가 없어 모종삽과 검은 비닐봉지를 챙기고 무지의 목줄을 잡았다. 까망이는 한시라도 떠나기 싫다는 듯 동수 품에 안겨 있었다. 맞은편 동 뒤편의 능선을 따라 민은 본격적으로 나물을 찾기 시작했다. 잡목들을 헤치고 조금씩 앞으로 나아가자 더러 쑥이 눈에 띄었다. 30분도 안 돼 쑥이 봉지에 반 넘게 차자 냉이나 지칭개를 찾아 조금 더 높은 곳으로 올라갔다. 삼일아파트가 바로 내려다보이는 능선이었는데 뒤쪽으로 넘어가면 약수터와 만나는 지점이었다.

한참 나물을 찾아 두리번거리고 있는데 갑자기 무지가 비명을 지르며 날뛰었다. 그 소리는 민이 지금껏 들었던 어떤 비명 소리보다도 공포스러웠다. 풀을 뜯다가 벌집을 밟거나 독사에 물린 소가 날뛰는 장면과 흡사했다. 어떤 존재가 생명을 불시에 빼앗길 때 내는, 전 생애의 공포가 집약된 듯한, 듣는 사람들의 영혼까지도 뒤흔들어놓는 비명이었다. 능선 중간에 공터처럼 평평한 곳이 있어서 근처 소나무에 무지를 매어놓고 동수도 그곳에서 놀게 하며 나물을 캐던 참이었다. 불과 10미터도 떨어지지 않은 곳이어서 안심하고 나물에 한눈을 팔고 있었는데 무지가 광견처럼 날뛰기 시작한 것이다. 이번에도 눈이었다. 무지의 눈에서 피가 철철 흐르고 있었다.

"무지, 누가 그랬어. 왜 그래?"

민은 모종삽과 비닐봉지를 집어 던지고 무지에게 달려갔다.

"아악⋯⋯."

민은 엉덩방아를 찧으며 주저앉았다. 주먹만 한 물체가 무지의 눈에서 흘러나와 덜렁덜렁 매달려 있었다. 무지의 왼쪽 눈알이었다.

민은 분노로 씩씩거리며 옆에 선 까망이와 동수를 노려보았다. 동수의 손은 깨끗했다. 까망이의 입 주변도 마찬가지였다. 범인은 동수와 까망이 중 하나였다. 아니면 둘이 합심하여 무지의 눈알을 뽑았거나. 하지만 어떤 증거도 남아 있지 않았다.

"왜, 왜 이런 짓을 했어?"

민은 자신도 어찌할 수 없는 분노 속에서 아이의 뺨을 후려쳤다. 그 순간 놀라운 일이 벌어졌다. 까망이가 캭 소리와 함께 이빨을 드러내며 풀썩 뛰어올라 민의 손을 할퀸 것이다. 민은 공포에 질려 까망이를 쳐다보았다. 눈빛이 서로 마주쳤다. 역삼각형으로 모아진 까망이의 눈동자는 더 이상 고양이의 눈이 아니었다. 작은 악마가 눈동자 속에 숨어 민을 노려보고 있는 것 같았다. 의사는 이런 일을 두고 대상을 전회한 공격이라고 했지만 다 헛소리일 뿐이었다. 공격의 대상은 바로 민 자체였다. 그렇지 않고서야 살기를 가득 품고 주인을 할퀼 수는 없는 법이니까.

"이리 내!"

민은 동수 품에 안긴 까망이를 빼앗았다. 동수가 까망이를 다시 빼앗기 위해 발을 구르며 떼를 썼다. 하지만 민은 이미 이성을 잃은 뒤였다. 젖 먹던 힘을 다해 까망이의 목을 졸랐고 오래지 않아 까망이는 몸을 축 늘어뜨렸다. 눈알이 시뻘게진 동수가 엉엉 울며 엄마의 허벅지를 때렸다. 민은 팽개친 모종삽을 주워 와 땅을 파고 까망이 사체를 묻었다. 그런 다음 캥캥거리는 무지를 끌고 내려와 곧장 구멍가게로 향했다. 민은 사정을 설명한 뒤 동수를 구멍가게 할아버지에게 맡겨놓고 택시를 타고 동물병원으로 내달렸다. 긴급수술을 받았지만 무지의 눈을 되돌리지는 못했다. 수의사는 시신경이 손상되어서 남아 있던 한쪽 눈마저 위험할 수 있다며 혀를 찼다.

민은 꿈을 꾸기라도 한 것처럼 오늘 자신에게 일어난 일들이 비현실적으로 느껴졌다. 하지만 끝이 아니었다. 무지를 입원시킨 뒤, 구멍가게로 돌아오니 더 놀라운 일이 민을 기다리고 있었다. 두 시간 전 자기 손으로 목을 졸라 파묻었던 까망이가 보란 듯이 동수의 품에 안겨 있었던 것이다. 더욱 의아한 건 동수의 태도였다. 평상에 앉은 동수는 흙이 덕지덕지 묻은 까망이를 품에 안은 채 할아버지가 내준 아이스크림을 태연하게 핥고 있었다. 오늘 무슨 일이 있었냐는 듯이!

"하, 할아버지. 어, 어떻게 된 일이에요?"

민은 몸을 벌벌 떨며 가게 안으로 들어갔다.

"애가 울고 있기에 엄마 곧 온다며 내가 달래줬지. 대체 무슨 일이야? 아까 보니 개가 어디 다친 것 같은데. 산에서 범이라도 만난 건가?"

"아, 아뇨……."

민은 무슨 말부터 해야 할지 몰라 얼버무렸다.

"호, 혹시 아이가 어딜 갔다 오지 않았나요?"

민은 말을 하면서도 동수와 까망이를 흘깃거리며 살폈다. 그사이 동수가 산으로 올라가 까망이를 다시 파내 온 건 아닐까? 있을 수 없는 일이었지만, 달리 현재 상황을 설명할 방법도 없었다. 민의 복잡한 마음속을 알고 있기라도 한 것처럼 까망이는 동수의 어깨 위로 얼굴을 내민 채 민을 노려보았다.

"갔다 오긴 어딜 갔다 와. 애는 계속 여기 있었지."

"고양이는요?"

"고양이? 가만있어보자, 고양이는 어디서 나타난 거지?"

민은 표정을 딱딱하게 굳힌 채 다시 밖으로 나왔다. 금방이라도 쓰러질 듯 다리가 후들거렸지만 약해진 마음을 들키고 싶지는 않았다.

"도, 동수야. 고, 고양이 어, 어떻게 된 건지 설명해볼래?"

동수가 천천히 고개를 이쪽으로 돌렸다.

"몰라."

민은 할 말을 잃고 그 자리에 얼어붙었다. 흔하게 보아온 공포영화 속의 한 장면이 바로 눈앞에서 펼쳐지고 있었다. 도대체 누가 이런 못된 장난을 하고 있지? 칼로 당장 그 존재의 눈을 찌르고 싶었다. 어딘가에 숨어서 킬킬거리며 나를 비웃고 있겠지. 할 수 있다면 그 존재를 찾아내 산산조각 내서 땅속에 영원히 매장하고 싶었다.

"집으로 가자, 동수야."

민은 침착하게 아들을 불렀다.

"걔는 안 돼. 까망이는 내려놔."

동수는 못 들은 척 까망이를 안고 차박차박 집으로 걸어
갔다.

"너, 내 말 안 들려!"

아이를 붙잡아 세우는 동시에 손에서 까망이를 빼앗았
다. 그 순간 까망이가 민의 얼굴로 획, 달려들었다. 오싹함
을 느끼며 몇 발짝 물러섰다. 눈을 노린 게 분명했다. 평범
한 고양이가 아니었다. 사악한 기운을 품은 악마였다. 까
망이 눈에 서린 살의를 읽어내는 순간 극악의 공포로 온
몸이 굳었다. 구멍가게 할아버지가 무슨 일인가 싶어 밖으
로 나와보지 않았다면 더 큰일이 벌어지고도 남을 상황이
었다. 다행히 까망이는 다시 얌전한 상태로 돌아가 있었
다. 민을 한참 노려보던 까망이는 작별 인사를 하듯 동수
의 두 다리 사이를 빠져나간 뒤, 경사지 아래로 사라져버
렸다. 요석교회가 있는 방향이었다.

민은 칭얼거리는 아이의 손을 우악스럽게 잡고 집으로
돌아갔다. 당장 무슨 수를 써야겠다고 생각하면서도 무엇
을 해야 할지 알 수 없었다. 자신의 말을 믿어줄 사람이 있
기나 할지 의심스러웠다. 어린아이가 고양이와 합세하여
덩치 큰 개의 눈알을 뽑았다고 떠벌리고 다니면 다들 자
신을 정신이 이상한 사람으로 보겠지. 무지의 한쪽 눈알이

빠졌지만 까망이와 동수가 그랬다는 증거는 없었다. 어떤 보이지 않는 존재가 민과 가족 주변을 맴돌며 그런 일을 사주하고 다닌다고 주장하는 편이 더 설득력이 있을 것이다. 물론 어느 쪽도 믿어주지 않겠지만.

"이해할 수가 없네. 고양이가 왜 그랬지?"

며칠 후, 무지의 실명한 눈을 보자 남편은 비로소 심각성을 느끼는 듯했다. 무지의 실명은 단순하지가 않았다. 시신경이 손상되어서 멀쩡한 오른쪽 눈도 시력을 잃어갔다. 몇 개월 후면 완전히 실명할 거라며 수의사는 안락사를 권유했다.

"고양이가 아닐 수도 있어……."

민은 자신이 까망이를 죽여 땅에 파묻었고 그 고양이가 예수처럼 부활하여 교회 쪽으로 도망쳤다는 말은 차마 하지 못했다.

"그럼 애가 그랬다는 거야? 말도 안 되는 소리."

남편이 목소리에 힘을 주었다.

"알았어. 그만해. 이제 어떻게 할 거야?"

민은 더 이상 대화가 통할 것 같지 않아 한발 물러섰다.

"무지 저렇게 된 건 안된 일이지만 조금 더 지켜보자. 내가 볼 땐 나뭇가지 같은 것에 찔려서 그 충격으로 다친 것 같은데……."

"나뭇가지에 찔리면 눈알이 터지겠지, 빠지겠어?"

민은 남편과의 사이에 괴리가 생겼음을 느꼈다. 어느 순간부터 남편은 자신의 편이 아니라 아이와 까망이의 편이 돼 있었다. 어깨를 맞대고 한 이불을 덮고 잠을 자도 민은 매일 밤 외로움 속에서 홀로 몸을 뒤척였다. 그 모든 일의 시작이 3년여 전 눈 내리던 밤부터 시작되었다고 생각하자 참을 수 없이 괴로웠다. 자신을 제외한 세상이 모두 한통속처럼 여겨졌다. 어쩌면 이 모든 게 잘 짜인 한 편의 연극이 아닐까. 남편도, 동수도, 창밖의 풍경과 이웃들 모두 나를 희생양으로 삼아 마음껏 웃고 즐기며 나를 조롱하고 있는 건 아닐까.

"당신 힘든 거 아는데 내가 별 도움을 주지 못해 미안해. 내년 인사이동 때 잘하면 본사로 자리를 옮길 수도 있을 거야. 그러니 조금만 참아줘."

식탁에 멍하니 앉아 있는 민이 안쓰러워 보였는지 남편이 덧붙였다. 그 말인즉 더는 지방 출장을 가거나 공식적인 외박을 하지 않을 수도 있다는 얘기였다. 조직 내의 독립 부서인 지원팀에 근무하는 남편은 오래전부터 본사 근무를 희망해왔다. 그 말이 사실이건 아니건 민에게는 듣던 중 반가운 소리였다. 외박이 잦은 편은 아니었지만 남편은 한 달에 서너 번은 꼭 지방 모텔 신세를 졌다. 우스갯소리로 이제 지방 방방곡곡 안 가본 곳이 없다며, 은퇴하면 고속버스 기사를 해도 잘할 것 같다고 말하곤 했다. 남편이 매일 저녁 집에 있어준다면 설령 무지를 잃게 된다고 해도 어떡하든 버틸 수 있으리란 희망이 있었다.

"무지 안락사시키는 일은 없을 거야. 당신 힘들면 우리 부모님께 연락해서 무지 맡아달라고 할 테니까 너무 걱정하지 마."

모처럼 남편의 따스한 위로에 민은 눈물이 날 것 같았다. 민은 진심으로 고맙다고 대답했다. 어쩌면 구원의 손길은 가까운 곳에 있었는지도 모르겠다고.

"내가 업어줄까?"

갑자기 다가온 남편이 민에게 등을 내밀었다.

"미쳤어! 다치면 어쩌려고!"

민은 남편의 등을 밀쳤다. 지금은 그러지 않지만 신혼 초만 해도 남편은 민을 업고 다니는 것을 좋아했다. 남의 눈이 있건 없건 민을 업고 지하철역 계단을 내려가기도 했고 구멍가게까지 헉헉거리며 업고 올라와 평상에 내려놓은 뒤 입에 아이스크림을 물려주기도 했다. 첫아이를 잃고 나서 그 충격으로 민의 일상에 균열이 생기기 전까지, 그녀는 단 한 번도 남편에 대한 사랑의 마음을 잃은 적이 없었다. 은수의 죽음이 그런 민을 바닥까지 끌어 내렸지만 말이다. 갑작스러웠던 입양 결정 또한 민에겐 여전히 불편함으로 남아 있다. 입양된 아이와 까망이에게 정을 붙이기 위해 노력했던 2년 반의 세월이 무색하게, 이런 상황에까지 몰리게 된 것도 생각하면 할수록 가슴 아픈 일이었다.

그날 민은 남편과 오래도록 섹스를 했다. 남편은 계속해서 사랑한다고 말했다. 자신이 미안하다고. 미안하다는 표현 속에는 어떤 간절함 같은 것이 들어 있었다. 남편은 여느 때보다 정성껏 애무했다. 한 글자 한 글자 꾹꾹 눌러서 참회록을 쓰는 사람처럼 남편은 민의 몸에서 떨어질 때까지 미안하다고 말했다. 미안하기는 민도 마찬가지여서 앞으로 서로 미안하다는 말은 하지 말자고까지 했다. 남편과 민은 어둠 속에서 서로 손가락을 걸었다. 남편은 새벽 2시쯤 잠에 빠져들었다. 민은 화장실로 가 샤워를 한 뒤 작은방을 열어 동수의 상태를 살폈다. 이틀 전 까망이와 떨어진 뒤 풀이 죽어 있던 아이는 제 침대에 얌전하게 누워 잠이 들어 있었다.

민은 습관처럼 천천히 베란다로 향했다. 무엇이 민의 발걸음을 베란다로 이끌었을까. 아마도 건조대에 널린 속옷을 걷으려 했을지도 모른다. 오후에 넌 빨래가 종종 아침까지 남아 있다가 이슬을 품어 눅눅해지는 경우가 있었기 때문이다. 산과 가까워서 도시 중심에 살 때보다 빨래가 빨리 눅눅해졌다. 민은 속옷을 걷어 바구니에 담았다. 그런 다음 베란다 문을 조금 열어놓기 위해 손잡이로 손을 가져갔다. 앞 동은 거무스름한 형태로 어둠 속에 가려져 있었다. 아파트 정문에 세워진 가로등만이 깜빡거리며 불빛을 쏘았다가 거두기를 반복하던 찰나, 무심코 그쪽으로 시선을 돌린 민은 자신도 모르게 헉, 소리를 내며 베란다 문을 닫았다.

"여, 여보……."

소리를 질렀지만 가위에 눌린 것처럼 목소리가 나오지 않았다.

"여, 여보. 바, 바깥에……."

헌옷수거함 앞에 히잡을 두른 듯한 검은 물체가, 어깨로 짐작되는 곳에 고양이 한 마리를 얹은 채 민이 선 304호 베란다를 노려보고 있었다. 얼굴이 보이진 않았지만 가려진 헌옷수거함의 부피로 미루어보아 능히 사람이라는 걸 짐작할 수 있었다. 그리고 정체가 불분명한 물체의 머리 위에는 전에 보았던 검은 모자가 예의 모든 밤을 빨아들일 것처럼 짙은 어둠을 뿜어내고 있었다.

"싸울 거야, 반드시. 이대로 물러서지 않아!"

그 자리에 주저앉은 민은 몸을 부르르 떨었다. 죽은 은수가 생각났기 때문이다. 은수를 앗아간 것도 바깥에 선 저 존재라는 것을 본능적으로 알 수 있었다. 저 존재가 사랑하는 아이를 앗아가고 무지의 눈을 앗아가고 한 가족의 완전한 파멸을 위해 틈입해 들어왔다. 죽이지 않으면 내가 죽는다. 지금이야말로 그 존재를 확인할 수 있는 절호의 기회였다.

"아아, 아 아……."

민의 입에서 괴상한 소리가 흘러나왔다. 비명인 동시에 기합이었다. 기합인 동시에 방언이었다. 방언인 동시에 몸부림이었다. 민은 주방에서 부엌칼을 꺼내 든 뒤 계단을 따라 아파트 출입구를 향해 달려 내려갔다. 오른손에 들린 칼이 날카롭게 허공을 갈랐다. 눈앞에 닥치는 건 무엇이든 찌를 준비가 돼 있었다. 급한 나머지 신발도 신지 않은 채였다. 극한 상황에 처하면 분노가 두려움을 넘어서는 법이다. 상대가 무엇이든 겁나지 않았다. 단지 묻고 싶었다. 왜 자신의 주변을 서성이는지, 원하는 게 무엇인지. 목숨만 아니라면 무엇이든 내줄 테니 그만 나를 떠나달라고, 어둡고 탁한 기운을 거두고 돌아가달라고, 힘으로 제압할 수 없다면 땅에 엎드려 처절하게 빌기라도 하고 싶었다.

민은 칼을 떨어뜨린 채 바닥에 주저앉았다.

헌옷수거함 앞은 텅 비어 있었다.

여행

민은 그날 밤 있었던 일을 남편에게 말하지 않았다. 하지만 남편은 어디서 얘길 들었는지 병원에 함께 가보자는 말을 자주 했다. 아마도 구멍가게 할아버지가 말을 옮긴 거겠지. 그날 밤 100여 가구의 주민 가운데 누군가는 베란다에 나와 밖을 보고 있었을 것이다. 돌아오지 않는 남편을 기다리거나 가족 눈치를 보며 담배를 태우다가 보고 말았겠지. 흰 속옷만 걸친 여자가 부엌칼을 손에 든 채 괴성을 지르며 뛰어나가는 모습을. 칼로 연신 사방을 찌르며 뭐라고 중얼거렸던가. 칼을 떨어뜨리고 주저앉았다가 다시 칼을 집어 들어 헌옷수거함을 찔러대며 뭐라고 중얼거렸던가.

민은 흐르는 눈물을 참지 못했다. 이웃의 어느 집에서 아이가 자지러지게 우는 소리를 들었을 때 헌옷수거함에 몸을 기댄 채 차츰 아래로 무너져 내렸다. 민은 극심한 외로움을 느꼈다. 깊은 심연에서 하나의 장면이 재생되었다. 어쩌면 그날 폭풍을 피하지 말았어야 한다. 자신을 막아서는 비바람을 뚫고 우산을 앞으로 내민 채 계속해서 걸어갔어야 했다. 걸음을 멈추고 뒤를 돌아보는 순간, 그 찰나가 인생을 결정해버렸다. 민은 자신도 모르게 미소를 지었다. 눈물로 범벅된 미소였다.

당하고만 있을 수 없지. 민은 겉으로는 평정심을 유지하며 치밀하게 준비했다. 우선 생각해낸 게 홈카메라를 설치하는 일이었다. 마침 통신사에서 월 만 원을 내면 무료로 설치해주는 서비스가 있었으므로 민은 즉시 기사를 불러 카메라를 달았다. 인터넷과 핸드폰만 있으면 어디서든 확인이 가능한 장치였다. 카메라는 요구르트병만 한 크기였고 전원만 연결되면 어디로든 이동이 가능했다.

"다른 사람들도 많이 신청하나요?"

민이 묻자 기사가 대답했다.

"네, 많이들 하죠. 어디서든 집 안을 살필 수 있으니까요. 주로 반려동물 키우는 분들이 많이 달더라고요. 치매 걸린 분을 모시는 집도 그렇고."

기사가 나간 뒤 민은 카메라를 베란다로 갖고 나와 헌옷 수거함을 향하도록 고정했다. 앱을 다운받은 뒤 프로그램을 실행하자 헌옷수거함 주변의 모습이 실시간으로 핸드폰 화면에 보였다. 하지만 화질이 그다지 좋지 않았다. 낮에는 사람을 구분할 수 있었지만 밤에는 헌옷수거함의 윤곽선만 가물가물하게 보였다. 구청에 전화를 걸어 고장 난 가로등을 고쳐보았지만 결과는 마찬가지였다. 남편은 웬 카메라냐며 지나가듯 물었을 뿐이다.

　새벽만 되면 민은 부스스 일어나 핸드폰 앱을 실행시켰다. 누군가 헌옷수거함에 서 있는 느낌이 들면 즉시 아래로 달려 내려가볼 참이었다. 하지만 수백 번을 확인해봐도 그런 일은 일어나지 않았다. 이따금 사람의 움직임이 감지되어 뛰어 내려가보면 대부분 헌옷이나 신발을 버리러 내려온, 민도 얼굴이 익은 아파트 주민들뿐이었다. 어느 날은 그런 민을 더는 두고 보지 못하겠다는 듯 남편이 버럭 성을 내기도 했다. 민이 사과했지만 남편은 지겹다는 듯 냉담하게 안방 문을 쾅 닫아버렸다. 민은 베란다로 나가 한동안 서럽게 울었다.

　민은 아이가 낮잠 자는 틈을 타 교회 근처를 서성여보기도 했다. 까망이의 흔적을 찾기 위해서였다. 길고양이를 만났지만 그 검고 소름 끼치는 고양이는 아니었다. 구멍가게에 들러 까망이의 행방을 묻기도 했다. 고양이? 무슨 고양이? 요즘 들어 귀가 갑자기 어두워졌다며 할아버지는 몇 번이나 같은 말을 되물었다. 마침 2층에 사는 여자가 물감 묻은 앞치마를 두르고 가게로 내려왔으므로 민은 얼른 밖으로 나왔다. 민은 평상에 앉아 안을 힐끗거렸다. 할아버지는 전처럼 평상에 앉아 무공훈장을 닦지도 않았다. 할아버지가 죽으면 이 낡은 집은 어떻게 될까. 의지할 만한 사람들이 하나둘 곁을 떠나가는 것 같아 민은 마음이 더욱 심란했다.

새시 문이 열리고 여자가 밖으로 나왔다. 여자의 손에는 붓과 물감통 같은 것이 들려 있었다. 여자는 민에게 관심 없다는 듯 눈길도 주지 않은 채 가게 왼쪽으로 돌아갔다. 여자는 가게에서 가져온 걸레로 외벽을 닦은 뒤 붓으로 그림을 그리기 시작했다. 얼마쯤 지나자 그림이 윤곽을 갖추었다. 노란 개나리였다. 여자가 왜 가게 외벽에 개나리를 그리는지 민은 알지 못했다. 그림을 전공한 여자인 모양이지. 할아버지 허락은 받은 걸까. 민은 그림을 곁눈질하며 천천히 자리를 떴다. 아파트 근처에 이르러 잠깐 뒤를 돌아보았을 때, 여자는 여전히 외벽에 그림을 그리고 있었다. 멀리서 보니 외벽 전체가 노란색으로 타오르고 있는 것 같았다.

"여행을 가보는 건 어때? 당신 혼자 마음껏!"

남편이 여행 얘기를 꺼낸 건 초여름 장맛비가 쏟아지던 날이었다.

"동수를 두고 어딜 가?"

내심 반가운 제안이었으나 선뜻 내키지가 않았다. 살갑지는 않았지만 그래도 어른 손길이 필요한 어린아이를 두고 여행이라니……. 남편의 제안을 듣자 갑자기 여행이 가고 싶기는 했다. 대학 때도 민은 여행다운 여행을 한 번도 가보지 못했다. 공무원시험 공부를 시작하기 전, 가족끼리 일본에 가본 게 다였다. 남편과는 필리핀 보라카이로 신혼여행을 간 게 처음이자 마지막 해외여행이었다.

"장모님 와 계시면 되지. 아니면 내가 어머니한테 좀 부탁하고."

그럴듯한 해결책이었다. 그래도 쉽게 결정을 내리기 어려웠다.

"그런데 갑자기 웬 여행이야?"

"복잡하게 생각할 거 없어. 그동안 이런저런 일로 혼자 힘들었잖아. 가서 아무 생각 없이 머리 식히고 와."

"나 정말 가도 돼?"

"가라니까."

다음 날부터 여행 계획은 일사천리로 진행되었다. 민은

시부모 대신 엄마를 불러 아이를 돌보게 했다. 그 편이 뒷말이 나오지 않을 것 같아서였다. 애도 내팽개치고 제멋대로 돌아다니는 무책임한 엄마라는 소리를 듣고 싶지 않았다. 시어머니는 특별히 인자하지도 까다롭지도 않은 평범한 유형의 사람이었다. 적당히 자기 아들을 챙겼고 적당히 안부를 물어 왔으며 자신이 어떤 역할을 해야 할 때는 마다하지 않았다. 은수를 낳고 독감에 심하게 걸렸을 때도 친모보다 먼저 달려와 집안일을 해주었다. 민은 그런 시어머니를 적당히 존경했으며 선을 넘지 않는 적당한 선에서 상식적인 관계를 유지해왔다. 자신이 겪고 있는 정신적인 문제에 대하여 민은 시어머니에게 한 번도 말을 한 적이 없었다. 물어본 적은 없지만 남편도 시시콜콜 그런 얘기를 하지 않았을 것이라고 믿고 있다. 그건 결혼과 동시에 부부가 암묵적으로 유지해온 약속이었다. 은수를 잃고 나서도 그들은 슬픔을 부부의 영역으로 최소화시켰다. 어설픈 위로의 말 한마디에 따라 상처가 부풀고 틈이 벌어질 수도 있으므로. 다행히 사고 후에도 괜찮아 보이는 부부를 보며 민의 부모도 시댁 식구들도 함부로 부부의 영역을 침범해 들어오지 않았다.

서른 넘어 자식을 낳은 탓에 어느덧 칠순에 육박하는 친모는 시어머니보다 부담이 덜했다. 민의 우울한 낯을 봐도 남편과 무슨 일이 있었을 거라고 짐작만 하고 구체적으로 묻지 않는 성품이었다. 갑작스러운 여행에 대한 반응도 마찬가지일 것이다. 민이 기억하는 엄마는 그런 사람이었다. 아버지와 트러블이 생기면 자식을 앉혀놓고 미주알고주알 남편 흉을 보는 게 아니라 조용히 그것을 삭이는 스타일이었다. 민은 때로 그런 엄마가 답답하게 느껴졌지만, 달리 생각해보면 그 점이 밖으로만 나돌던 아버지와 한 이불을 덮고 살아오며 별 탈 없이 삼 남매를 키워낸 비결일 것이다.

민의 아버지는 전직 경찰이었다. 지금은 허리도 휘고 몸도 약해져 사람이 형편없이 쪼그라들었지만 한창때만 해도 위세가 대단했다. 가정을 유지함에 있어서도 대화를 추구하기보다 고압적으로 윽박지르는, 전형적인 가부장 스타일이었다. 특히 술을 마시고 들어온 날은 주사가 심해서 가족 누구도 아버지 곁에 가까이 가려고 하지 않았다. 그나마 다행인 건 아버지가 그런 성질을 은퇴 후 거짓말처럼 고쳤다는 점이다. 은퇴 후 민의 아버지는 그간의 자기 잘못을 속죄라도 하듯 2년 동안 엄마를 데리고 세상을 유람했고 여행에서 돌아온 뒤에는 시골에 마련해놓은 작은 땅에서 농사를 지었다.

민은 홀로 열흘을 보낼 여행지를 프랑스로 결정했다. 하지만 양가에는 괜한 걱정을 사지 않게 친한 동창들과 가는 것이라고 설명했다. 프랑스를 여행지로 선택한 이유는 어릴 때부터 교과서로 보아오던 에펠탑 때문이었다. 민에게 있어 유럽의 이미지는 에펠탑이었고 에펠탑에 가본다는 것은 동경하던 유럽 전체를 아우르는 것과 같았다. 남편은 기왕 가는 거 보름쯤 있다 와도 된다고 허세를 부렸지만 그게 진심이 아니란 걸 금방 알 수 있었다. 비수기였고 여행사를 통한 패키지 상품이었으므로 비용이 생각보다 많이 들지는 않았다. 300만 원도 되지 않는 비용을 결제하다가 민은 이렇게 가격이 저렴하면 진작 가족끼리 함께 가볼 걸 그랬다고 생각하기도 했다. 남편은 애가 좀 크면 그렇게 하자고 민의 등을 토닥였다.

여행을 가기 전날 민은 혹시나 해서 홈카메라를 거실 장식장 위로 옮겨놓았다. 여행을 가서도 때때로 집 안을 살피기 위해서였다. 안방 입구와 주방이 비치게 렌즈 각도를 조절한 뒤 신혼여행에 다녀오고 나서 붙박이장에 처박아두었던 캐리어를 꺼내 먼지를 털었다. 짐을 다 싼 뒤에는 인터넷을 뒤져 파리의 주요 명소와 서부의 몽생미셸, 남부의 몽펠리에로 이어지는 패키지 코스의 주요 방문지들에 대한 사전 정보를 얻기도 했다. 인터넷으로 산 핸드폰 보조배터리와 우의, 비상약 같은 물건들도 캐리어 안쪽에 넣었다. 화장대 서랍에 넣어두었던 선글라스를 꺼내 쓰고 거울에 얼굴을 비쳐 보자 드디어 여행을 간다는 실감이 났다.

다음 날 엄마가 양손에 보따리를 들고 가방을 멘 모습으로 문을 두드렸다. 보따리 속에는 한 달을 먹고도 남을 만큼 이런저런 밑반찬들이 가득했다. 며칠 전부터 장을 봐서 부산을 떨며 지지고 볶았을 것이다. 열흘 동안 입을 옷과 양말, 속옷도 착실하게 챙겨 왔다. 그걸 보고 있자니 여행을 가는 사람이 자기가 아니라 엄마가 아닐까, 하는 생각이 들었다. 민은 미안한 마음을 애써 감추며 미리 끓여놓은 미역국과 반찬을 꺼내 엄마와 늦은 아침을 먹었다. 아침을 먹고 나서 엄마는 아이 방으로 들어가 옷가지 몇 개를 가지고 나왔다. 나중에 하라는 잔소리에도 집 안의 빨래를 모아 세탁기에 돌렸다.

"애는 적응 잘하고?"

동수가 유치원 종일반이 된 걸 두고 묻는 말이었다.

"잘하고 못하고가 뭐 있어. 동수 원래 얌전하잖아."

"너는 좀 편해졌겠네?"

"응, 그래서 출판사 일 늘리려고. 낮에 집에 있어봤자 특별히 할 일도 없고. 가면서 데려다주고 오면서 데리고 오면 시간이 딱 맞아."

맞은편 아파트에 가려져 있던 햇빛이 조금씩 304호 거실로 들어왔다. 열어놓은 창밖으로 새 우는 소리가 들렸다. 민은 엄마와 단둘이 먹는 아침이 얼마 만인지 헤아려보았다. 남편 뒷바라지에 정신없이 삼 남매를 키워낸 엄마의 결혼 생활이 하루하루 얼마나 긴장의 연속이었을지 민은 능히 짐작해왔다. 젊었을 땐 예쁘다는 소리를 꽤나 들었다는 엄마의 얼굴에도 어느새 주름이 자글거리고 머리는 반 넘게 새치가 돋았다. 그래도 시골로 내려간 뒤부터 엄마 인생에 주름이 펴져서 다행이라고 민은 생각했다. 고생 끝에 낙이 온다는 말이 있듯이, 가까이서 지켜보는 엄마의 삶이 꼭 그랬다.

"엄마, 동수는 때가 돼도 잘 먹지를 않아서 잔소리해서 먹여야 해. 성 서방도 마찬가지고. 동수는 가끔 새벽에 깨서 안 자고 있을 때도 있으니까 불 켜져 있으면 왜 그러는지 물어봐. 말은 잘 안 하는데 어딘지 몸이 불편하면 그러거든. 빨래는 여기가 습해서 오후에 널면 잘 안 말라. 될수 있으면 아침에 널어서 저녁엔 걷어야 해."

엄마가 주로 듣는 쪽이었으므로 민은 부지런히 이말 저말 떠들어댔다. 하지만 엄마는 그런 딸이 어딘지 불안정하고 미심쩍어 보이는 모양이었다.

"근데 갑자기 웬 여행이냐. 그것도 혼자······."

엄마의 뼈 있는 질문에 민은 잠깐 주춤했다.

"무슨 소리야, 친한 동창들하고 간댔잖아. 갑자기 티켓이 싸게 나온 게 있어서."

엄마가 동창이 누구냐고 물었다면 민은 대답할 수 없었을 것이다.

"어딜 가든 몸조심해야 해."

다행히 엄마는 더 묻지 않았다.

"요즘 아버지랑은 어때?"

민은 대화 주제를 다른 곳으로 넘겼다.

"그저 그렇지, 뭐. 니 아버지, 요즘 염소 키운다고 난리도 아니다."

아버지는 어디서 무슨 얘길 들었는지 작년부터 염소를 키우겠다며 이것저것 알아보는 눈치였다. 천 평이나 되는 유휴지를 빌렸다는 얘기를 들은 게 엊그제 같은데 벌써 염소를 몇 마리 사서 방목하는 중이라고 했다.

"염소를 팔 생각은 아닌 거 같은데, 차라리 낚시를 다니면 생선 맛이라도 보지. 다 늙은 남자 취미치고는 도통 알 수가 없다니까."

그렇게 말하면서도 엄마는 딱히 싫지 않은 눈치였다.

"여행 갔다 와서 동수랑 성 서방이랑 한번 내려갈게!"

민은 결혼 후 처음으로 엄마와 가장 많은 말을 주고받은 것 같아 왠지 마음의 위로가 되었다.

남편의 갑작스러운 전화를 받은 건 민이 나흘간의 파리 일정을 끝마치고 막 생말로만(灣)으로 가는 투어버스에 올랐을 때였다. 남편은 다급한 목소리로 장모님이 돌아가셨으니 일정을 취소하고 귀국하라고 알려왔다. 남편의 목소리는 라디오에서 흘러나오는 아나운서의 목소리처럼 건조했다. 전화 연결 상태도 좋지 않아 음질 또한 불안정했다. 민은 잠깐 꿈을 꾸고 있는 게 아닌지, 새삼 주변을 휘둘러보았다. 관광버스는 에펠탑을 멀리 우측으로 낀 채 외곽도로로 갈아타기 위해 속력을 내는 중이었다. 햇볕은 따가웠고 지나가는 사람들의 발걸음은 활기가 넘쳤다. 누가 미리 각본을 짜놓고 실행에 옮긴 게 아니라면 어떤 비극도 그렇게 쉽사리 일어나서는 안 되는 아침이었다.

"무슨 소리야, 다시 천천히 얘길 해봐. 누가 죽어?"

민은 떨리는 목소리로 애원하듯 말했다. 남편이 뭐라고 중얼거렸지만 이내 전화가 끊어졌다. 잠시만, 잠시만요! 민은 가이드를 불렀다. 시내를 완전히 벗어나기 전에 가이드에게 사정을 설명하고 가까스로 버스에서 내렸다. 민은 덜덜 떨리는 손으로 우버를 불렀고 택시에 오른 뒤 인천으로 가는 가장 빠른 비행기를 예약했다. 그리고 다시 남편에게 전화를 걸었다.

"자, 장모님이 돌아가셨다니까."

"대체 왜!"

민은 다시금 와락 무너져 내렸다.

"사고였어. 자세한 건 오면 설명할게. 비행기 예약했지?"

여행을 떠나기 전부터 마음속에 도사리고 있던 일말의 불안 탓이었을까. 민은 확신했다. 엄마는 사고를 당한 게 아니다. 엄마의 죽음에는 반드시 무엇인가 개입되어 있다. 어쩌면 그 존재가 까망이일지도 모른다는 데에 생각이 미쳤다. 말도 안 되는 가정이었지만 자꾸 의심이 그쪽으로 가닿았다. 도망친 까망이……. 그렇다. 녀석이 다시 나타난 것이다. 그 자그마한 악마가 이번에도 아이를 선동했겠지. 무지의 눈알도 그렇게 앗아갔으니까.

"이, 이유, 사고 이유를 말해……. 당장 말하지 않으면 다 죽여버릴 거야!"

거친 한숨 소리가 들려왔다.

"불…… 불이 났어."

"뭐?"

민은 전화를 일방적으로 끊고 한동안 흐느껴 울었다. 기사가 갓길에 택시를 세우고 무슨 일이냐고 물었다. 민은 어떤 설명도 하지 못한 채 고개를 숙이고 흐느껴 울었다. 기사는 난감한 얼굴로 민이 진정되기를 기다렸다.

"You want…… take you the hospital?"

기사가 어설픈 영어로 물어 왔다.

"No no no, to the airport. Quickly!"

민은 마음을 진정시키고 남편에게 다시 전화를 걸었다.

"그래서 지금 어디야, 엄마는 어디 있고?"

"성지병원 영안실……."

집에서 2킬로미터쯤 떨어진 곳이었다.

"장례는?"

"아직 미정이야. 화재 조사가 끝나야……."

"주말인데 너는 뭐 했고 불은 왜 났어?"

민은 취조하는 형사처럼 남편을 몰아세웠다.

"그게, 정말 미안해. 난 잠깐 친구를 만나러 나갔었어."

"그래, 나 없으니까 맘이 편했겠지. 그래서?"

남편이 치밀하게 알리바이를 만든 건 아닐까.

"그게 다야. 갑자기 관리실에서 전화가 와서 집에 불이 났다는 거야. 오후 2시쯤 됐을 때였어. 부랴부랴 돌아왔는데 이미 화재 진압은 끝난 뒤였고……."

"애는?"

"연기를 좀 마셔서 병원에 입원했어."

"불은 왜 났는데?"

"아직 몰라. 경찰이 조사 중이니 곧 알 수 있겠지."

민이 홈카메라를 떠올린 건 드골 공항에 도착한 뒤였다.

정신을 차려야 한다고 계속해서 되뇌었지만 좀처럼 진정이 되지 않았다. 출발까지 세 시간을 더 기다려야 했다. 민은 수속을 마친 뒤 화장실로 들어가 핸드폰 앱을 실행했다.

"괜찮아, 괜찮아……."

민은 손이 떨려 몇 번이나 호흡을 가다듬었다. 어쩌면 결코 보고 싶지 않은 끔찍한 장면이 찍혀 있을 수도 있었기 때문이다. 카메라 녹화가 중단된 시간은 오후 12시 40분이었다. 불이 나 전기가 차단되며 녹화도 자연스럽게 중단되었을 것이다. 민은 시간을 조금 더 앞으로 돌려 보았다. 최초 발화 시간은 12시 35분경이었다. 가스레인지 부근이었다. 불이 난 지 5분 만에 녹화가 중단되었다. 소방차 도착 시간과 진압 시간을 알면 얼마 동안 거실에 불이 번졌을지 알아낼 수 있을 것이다. 어머니가 사망한 시간도.

10분 전으로 영상을 돌려 보았다. 민의 예상과 달리 영상엔 엄마가 등장하지 않았다. 가스레인지 주변을 서성이는 그림자는 놀랍게도 동수였다. 동수는 뭐가 그리 재미있는지 가스레인지 레버를 틱틱 돌리며 장난을 치고 있었다. 불꽃이 보였다가 사라지길 몇 차례 반복하는가 싶더니 동수는 가스레인지 불을 켜둔 채 부엌을 떠났다.

민은 머리에 미미한 두통을 느꼈다. 그럴 수도 있겠지. 제 엄마나 아빠가 하는 걸 수도 없이 보아왔을 테니까. 민은 동수가 어서 돌아와 레버를 돌려 불을 꺼주기를 기다렸다. 거실에 텔레비전을 켜놓았는지 굵직한 남자 아나운서의 목소리도 들렸다. 잠시 후 불이 나 한 생명이 타거나 연기에 질식돼 죽어버리기엔 너무도 평온한 풍경이었다.

악. 다음 순간 민은 핸드폰을 바닥에 떨어뜨리며 몸을 떨었다. 다시 집어 든 핸드폰은 액정에 금이 가 있었다. 잘못 본 게 아닌지 동영상을 다시 앞으로 돌려 보았다. 현관과 가까운 거실 왼쪽 모퉁이로 검은 물체 같은 게 순간적으로 획, 하고 지나가는 게 보였기 때문이다. 만약 누군가 그 화면을 본다면 물체의 움직임이 너무 빨라서 방금 스쳐 지나간 것이 무엇이라고 특정 지을 수 없겠지만 민은 단박에 그 존재를 알아보았다. 지금까지 단 한 번도 기억에서 지워버린 적이 없는 소름 끼치는 그것, 까망이였다. 몇 번이나 화면을 돌려 보았지만 그것은 틀림없이 작고 새카만 까망이였다.

용왕보살

민이 다시 기억을 찾고 눈을 뜬 건 그로부터 열흘 뒤였
다. 비행기를 타고 인천으로 날아오며 어떤 생각을 했는
지, 그 후 병원에 들러 엄마의 장례를 치르면서 시간이 어
떻게 지나갔는지 민은 일일이 기억하지 못했다. 다만 시간
이 흘러서 기억을 조금씩 되찾았을 때 민은 광기에 젖어
미친 듯이 날뛰는 한 여자의 잔영을 기억해냈다. 그녀는
어떤 논리도 두서도 없이 중얼거렸고 매달렸고 울부짖었
다. 땅바닥에 엎어져 몸을 비틀었고 허공을 보며 두 손을
펼치고 헛소리를 중얼거리기도 했다. 모두들 그녀를 위로
하려고만 했지, 그녀의 말을 귀담아들으려고 하지 않았다.
경찰들은 물론 그녀의 형제들도, 심지어는 언제부턴가 그

퀭한 눈과 작은 체구가 염소를 닮아가는 아버지도 마찬가지였다.

엄마는 아이 방에서 죽어 있었다. 공식적인 사인은 질식사였다. 동수는 혼자 빠져나왔다고 했다. 아이가 빠져나올 동안 엄마가 왜 불길을 피하지 못했는지, 아이는 어떻게 혼자 현관으로 빠져나올 수 있었는지, 누구도 설명하지 못했다. 또한 아이가 장난을 치듯 가스레인지 스위치를 켜고 그 위에 올려진 빈 냄비에서 불길이 번지는 동안 엄마는 무얼 했는지도. 수십 번도 더 돌려 본 영상 속에 민이 궁금해하는 건 찍혀 있지 않았다. 불이 나기 한 시간 전부터 엄마는 화면에서 모습을 감췄다. 아마 아이의 방에서 무언가를 하고 있었을 것이다. 아이 방을 청소하거나 장난감을 정리하지 않았을까, 민은 짐작해보았다. 어쩌면 피곤한 나머지 잠이 들었는지도 모른다.

볼수록 이상한 건 동수의 행동이었다. 불이 나기 전 아이는 가스레인지 앞을 서성이다가 화면 왼쪽으로 사라졌다. 안방으로 들어가는 장면이 찍히지 않은 것으로 보아 제 방으로 들어갔거나 이미 현관문을 열고 밖으로 나왔을 것이다. 동수는 비상계단으로 내려오던 이웃들 속에 섞여 있다 구조되었다고 했다. 불이 번지자 연기를 피해 현관으로 도망쳐 나왔다는 게 남편의 설명이었다. 동수는 그 부분에 대하여 제대로 기억하지 못했다. 잠을 자다가 혹은 알 수 없는 이유로 방을 탈출하지 못한 엄마는 갑자기 들이닥친 연기에 질식되었을 것이다. 소방대원들이 들어갔을 때 엄마는 방문 앞에 쓰러져 있었다고 했다.

경찰에게 화면을 수십 번도 더 보여주었지만 저희끼리 수군거리기만 했다. 남편은 민이 영상을 보여주며 소리 지를 때마다 그녀를 껴안으며 위로하려고만 했다. 명백히 까망이가 찍혀 있는데도 아예 말을 섞으려조차 하지 않았다. 남편은 민에게 오히려 묻고 싶은 것 같았다. 그래서 까망이가 다시 나타나 아이를 조종해 집에 불을 지르기라도 한 거냐고. 집 안이 불길에 휩싸이자 재빨리 아이를 데리고 탈출한 뒤 유유자적 소방대원들을 비집고 어디론가 사라져버린 거냐고. 정말로 그렇게 믿는 거냐고.

눈을 뜨기 전부터 팔의 통증이 의식을 흔들었다. 왼쪽 팔목엔 수액을 공급하는 주삿바늘이 꽂혀 있었고 6인용 병실엔 어찌 된 일인지 그녀 혼자였다. 잠시 후 남편이 아닌 시어머니가 착잡한 얼굴을 하고서 병실로 들어왔다. 그녀의 얼굴에는 진심으로 민을 걱정하는 마음이 담겨 있었다. 시어머니는 물수건으로 민의 이마를 닦아준 뒤 창문을 조금 열어 환기를 시켰다. 며칠 전부터 계속해서 반복해온 행동이란 걸 알 수 있었다. 민은 생각했다. 어제도 그제도

팔에 주삿바늘을 꽂은 채 여기 누워 있었겠지. 시어머니의 말에 반응하고 화장실을 가고 밥을 먹었겠지. 그러나 어찌 된 일인지 그 시간들이 아득히 멀게만 느껴졌다. 그나저나 곁에 있어야 할 남편은 어디로 간 걸까.

"낮에는 내가 있고, 저녁엔 동수 아범이 온다."

민의 속마음을 읽기라도 한 듯 시어머니가 말했다.

"아이랑 집은요? 아니, 무지는?"

"애는 당분간 내가 데리고 있을 생각이다. 무지는 연기를 많이 마셔서 입원 중이고 치료 끝나면 내가 데려가서 기를 생각이야. 집은…… 분양받은 집인데 어쩌겠니. 업자 불러서 수리 중인데 곧 돌아갈 수 있을 거다."

민은 몸을 부르르 떨었다.

"싫어요. 어머님, 거긴 절대로 가고 싶지 않아요."

민은 몸을 비틀며 눈물을 뚝뚝 흘렸다. 연기를 마신 채 쓰러지는 엄마의 자그마한 체구가 상상되었다. 보따리에 한가득 반찬을 싸 들고 초인종을 누르던 엄마가 상상되었다. 빨래를 모아 세탁기를 돌리던 엄마가 상상되었다. 염소를 키우겠다는 아버지 흉을 보며 행복해하던 엄마가 상상되었다. 이제 비로소 행복이 뭔지 알 것 같다고 말하던 엄마, 아이가 죽었을 때 민의 곁을 한시도 떠나지 않고 지켜주었던 엄마. 그녀는 관에 넣어져 화장된 뒤 유골함에 단단히 봉인되었다. 얼마 전까지 살아 있던 한 존재가, 일흔 가까이 온 힘을 다해 살아오던 한 존재가 그렇게 순식간에 증발해버렸다.

"쯔쯔, 우리가 네 마음을 미처 헤아리지 못했구나."

시어머니가 민의 손 위에 자신의 손을 포개며 말했다.

"그럼 애 아빠랑 상의해서 집을 내놓든가. 우린 네가 하자는 대로 다 해줄 생각이다. 도울 수 있는 게 있다면 뭐든 도울 거고."

시어머니는 진심으로 그렇게 말하는 것 같았다. 아이를 키워본 적 있는 엄마로서 누구보다 민의 마음을 잘 이해하고 있다는 태도였다. 하지만 민은 그녀의 친절이 오히려 부담스러웠다. 짐작이지만 뭔가를 숨기는 게 아닌지 의심이 들었다. 어쩌면 민이 모르는 일을 남편과 은밀히 공유할 수도 있었다. 그것이 미안했거나 혹은 그것을 무마하기 위해 애써 친절을 베풀고 있는 것은 아닐까. 아무리 사리 분별이 능하고 심성이 착한 여자여도 결국 팔은 안으로 굽게 돼 있는 법이니까.

민은 이틀 뒤 퇴원했다. 병원비를 쓰며 더는 누워 있고 싶지 않아서였다. 남편은 집 근처 모텔에 임시로 방 한 칸을 얻어놓고 거기서 출퇴근을 하고 있었다. 남편을 보자마자 민은 제 어머니의 목숨을 앗아간 집으로 돌아갈 마음이 없다고 단호하게 말했다. 남편은 당황해하다가 이내 자신의 생각이 짧았다며 사과했다. 대신 남편은 화재보험금이 곧 나올 테니 조금 기다렸다가 근처에 적당한 빌라를 한 채 구입하든가, 전세를 얻자고 제안했다.

남편과 민은 인터넷을 뒤져 동네의 신축 빌라 정보를 파악하고 발품을 판 끝에 24평짜리 빌라를 계약했다. 전에 살던 아파트로부터는 약 1킬로미터, 교회로부터는 500미터쯤 떨어진 곳이었다. 새로 지은 지 2년쯤 된 건물이었는데 복층 구조에 외부 베란다까지 설계돼 있어서 전에 살던 아파트보다 환경이 좋아 보였다. 아파트를 사겠다는 사람까지 나타나서 대출을 받지 않고도 집을 살 수 있게 되었다. 남편은 과장되게 새집에 호감을 표했고 운이 좋았다는 말까지 서슴없이 뱉었다. 마음 한편이 불편했지만 민은 특별히 감정을 내세우지 않고 남편의 말과 행동을 지켜만 보았다.

"이제 동수 데려와야 하지 않겠어?"

집 안 정리가 끝나자 남편이 눈치를 보며 물었다.

"그러자. 유치원에서도 계속 언제 나올 거냐고 묻잖아."

민은 대수롭지 않게 대답했다. 하지만 민의 생각은 다른 곳에 가 있었다. 시어머니에게서 아이를 데리고 온 다음 날, 민은 유치원에 가는 대신 아이를 데리고 용하다는 점집을 찾아갔다. 며칠 전부터 인터넷을 뒤져 점찍어둔 곳이었다.

골목 꼭대기에 위치한 '용왕보살'은 대문에 붉은 깃발이 꽂혀 있어서 멀리서도 대번에 알아볼 수 있었다. 동수는 골목 입구에서 이상한 낌새를 눈치챘는지 안 가겠다고 칭얼거리다가 마지못해 뒤뚱거리는 걸음으로 용왕보살집 대문을 넘어갔다.

용왕보살은 오십대쯤 된 통통한 여자였다. 원래 그런 건지 화장으로 그린 건지 눈썹이 텔레비전에서 보아온 관우처럼 위로 치켜 올라가 있었다. 천장이며 벽에 칠해진 울긋불긋한 그림들과 각종 신령들의 형상이 처음 보는 이들을 주눅 들게 했다. 촛불이 음산하게 신당을 밝힌 가운데 짙은 향냄새가 떠돌았다. 신령들이 모셔진 단상에는 제사를 지내기라도 한 듯 과일들이 올라 있었고, 무지개 빛깔의 한복을 차려입은 용왕보살은 단상 바로 앞에 치마를 펼치고 앉아 민과 동수를 매섭게 쳐다보았다. 신내림을 받은 지 이제 갓 2년째로 접어드는, 그래서 점사가 용하다고 소문난 무당이었다.

"어라, 이 집 식구가 아니네."

보살이 동수가 듣건 말건 공수를 내렸다.

"예, 보살님. 실은 저 아이가……."

아이가 한눈파는 틈을 타 크리스마스이브에 있었던 일을 꺼냈다.

"거봐, 내가 뭐랬어? 그렇다니까!"

보살이 과장되게 제 무릎을 탁 쳤다.

"하지만 아주 남은 아니야. 그 집하고 분명히 인연이 있어."

"네? 그게 무슨 말인가요?"

"애 주변에 나쁜 기운이 잔뜩 서려 있어. 보통 사람이 아니야. 아주 무서워. 허이구, 저 눈깔 좀 봐라. 물렀거라. 여기가 어디라고 칼을 물고 섰느냐!"

보살이 그릇에서 쌀을 한 줌 꺼내 민의 등 뒤로 뿌렸다.

"원한까지는 아닌데, 애 주변에 서린 한이 보통이 아니야."

"그, 그게 무슨 말씀이신지……."

보살의 말은 아무리 들어도 의뭉스러울 뿐이었다.

"저 아이, 엄마 말이야. 아이 엄마가 아이에게 씐 거야."

"주, 죽었나요? 그 여자가 왜요……."

"살아 있어. 살았는데 죽은 거나 다름없어. 아마 본인이 그런 마음일 거야. 살아도 송장처럼 살고 있는 게 보여. 제가 제 몸을 파먹고 있군. 가련해라!"

눈 내리던 이브가 떠올랐다. 분명 아이는 누군가 버린 듯 차갑게 눈을 맞고 있었다. 그런데 아이 엄마가 살아 있다니.

"아이를 버린 여자잖아요. 그 여자가 왜 그러는 건데요?"

"왜 그러긴? 제 피붙이를 뺏겼으니까 그렇지."

민은 도무지 이해가 되지 않았다.

"누구에게 빼앗겨요? 제 손으로 버렸을 텐데요, 얼어 죽으라고."

보살이 눈을 치떴다.

"예끼! 하나만 생각하고 둘은 모르는구나. 그 여자도 사연이 있겠지."

"무슨 사연이요? 혹시 그 여자가 제 남편하고 관계가 있나요?"

보살은 천장으로 시선을 돌렸다.

"설마, 저 아이와의 사이에 무슨……."

보살은 즉답을 피하며 고개를 저었다.

"나쁜 기운이 가득해. 그래서 자꾸 힘든 거야. 그 한이란 게 고양이에게도 씌고 저 애한테도 씌고, 니 엄마도 잡아먹었지. 쉽게 말해서 악마가 씐 거야."

민은 몸을 부르르 떨었다.

"엄, 엄마를 잡, 잡아먹어요? 그, 그럼, 제가 어떻게 해야 할까요?"

민은 어떡하든 맞서고 싶었다.

"도망가!"

"네?"

"네가 이길 수 없어. 도망가. 아니면 조용히 숨어 있든가."

"싫어요. 싸, 싸울, 싸울⋯⋯."

보살이 헛웃음을 흘렸다.

"싸우겠다고? 목숨을 걸어야 할 텐데?"

어디까지 믿어야 할지 혼란스러웠지만 보살을 통해 평소 느꼈던 의혹들이 뚜렷하게 형태를 갖추고 구체화되자 민은 한편으로 속이 뻥 뚫리는 것 같았다. 민은 몇 년 전부터 자신의 주변에서 벌어진 일들을 조금 더 상세히 들려주었다. 어느 날부터 자신을 숨어 관찰하고 있는 검은 모자의 존재까지도. 보살은 정신과 의사와 비슷하면서도 다른 설명을 내놓았다. 검은 모자는 실제일 수도 있고 망상일 수도 있다. 민이 느꼈던 온갖 종류의 위협이 전부 검은 모자일 수는 없지만, 불안과 공포를 담은 한 존재로서 분명히 그 비슷한 인물이 민의 주변을 감시하며 하루하루 민의 숨통을 조여오고 있다는 얘기였다.

"그러니까 속 시원히 말해주세요. 아이가 남편의 친자식이라도 된단 말인가요? 그 여자와 짜고 쇼를 연출한 뒤 제 아이를 입양해서 키우고 있는, 뭐 그런 삼류 소설 같은 얘기가요?"

일전에 남편이 정류장에서 낯선 여자와 대화를 나누던 장면이 떠올랐다. 한 번도 그런 상상을 해본 적이 없지만, 남편이 민 몰래 외도를 저질러온 거라면 지금 벌어지고 있는 일들의 퍼즐이 대부분 맞춰졌다. 하지만 그런 생각을 하자 민은 금방 죄책감에 시달렸다. 그간 일을 핑계로 남편이 무신경하긴 했지만 남편을 의심하고 싶지는 않았다.

"기다려."

보살이 부채를 소리 나게 펼쳤다.

"기다리라고요?"

"그래, 안 그럼 네가 다쳐. 세상에 이유 없는 일은 없어. 세상 모든 일이 인과의 고리로 연결되어 있으니까. 기다리면 자연히 알게 될 거야."

"……가만히 당하고만 있으라고요?"

"세상일이 자기 하고 싶은 대로 되는 게 아니야. 마음을 가라앉히고 때를 기다려야 하지. 조상님 음덕도 빌려야 하고……."

보살은 아이를 먼저 밖으로 내보낸 뒤 벼루와 붓을 가져와 부적을 썼다.

"이걸 오늘부터 저 아이 베개에 넣어놔. 절대로 들키면 안 돼."

그러고는 보살은 수수께끼 같은 말을 덧붙였다.

"만에 하나…… 이것저것 다 해보고 안 되면 살풀이라도 해야지."

민은 부적값과 상담료로 30만 원을 지불하고 점집을 나왔다. 사각형과 원, 알 수 없는 한자들이 뒤섞인 부적은 손바닥만 한 크기였다. 민은 아이 몰래 그것을 주머니에 꼭꼭 숨겼다. 평소에 미신을 믿어본 적은 없지만 지푸라기라도 잡고 싶은 심정이었다. 보살은 더 구체적인 방법을 제시했다. 조상의 천도제를 지내고 액운을 물리치는 굿을 하면 그 여자의 기운을 잠재울 수 있는데 비용은 천만 원이었다. 민은 일단 거절했다. 그런 불확실한 것에 돈을 쓰고 싶지는 않았다. 30만 원을 썼지만 소득이 아예 없었던 것은 아니었다. 검은 모자에 대하여, 그것이 사실이든 아니든 무당의 공수는 민에게 약간의 위로를 주었다.

집에 돌아온 뒤 민은 무당의 말대로 부적을 아이의 베개에 숨겼다. 딱히 미신을 믿어서가 아니었다. 엄마를 무력하게 보냈기에 방법이 있다면 무엇이든 해보고 싶었다. 설령 미신으로 치부되는 것이라도 말이다. 이제 더는 약해지지 말아야 했다. 우연히 가족의 일원으로 틈입해 들어온 동수와 민의 가족을 둘러싸고 벌어지는 수상쩍은 일들에 대하여, 충분히 증거를 모으고 범인을 찾아 자신이 미치지 않았음을 증명하고 싶었다. 시간이 다소 걸린다고 해도 절대로 포기하고 싶지 않았다. 그럴 리 없겠지만, 만에 하나 남편이 이 일에 연관되어 있다면 그 또한 절대로 용서하지 않을 생각이었다.

새집에 적응하기 시작하면서 가족 모두 표면적으로는 안정을 찾은 듯 보였다. 아이는 아침 8시 40분에 정확히 집 근처 대로에서 유치원 버스를 탔고 5시 30분에 같은 자리에서 버스를 내렸다. 아침 8시에 집을 나간 남편은 외근이 없는 날이면 저녁 8시 전에 집으로 돌아왔고 한 달에 반 정도는 10시가 다 되어 귀가했다. 출장이 잦은 건 여전했지만 전처럼 민은 꼬박꼬박 전화를 걸어 어디서 자는지 묻지 않았다. 민은 아이가 유치원 등원 버스에 오른 뒤에는 친구의 사무실로 나가 일을 하다가 5시 좀 넘어 집으로 돌아왔다. 그즈음 친구의 출판사는 유튜브 크리에이터의 세계를 다룬 책 한 권이 우연히 방송을 타게 되고, 일본문학 전공자였던 친구가 발품을 팔아 직접 찾아낸 일본 무명작가의 추리소설 번역본이 히트를 치면서 사세를 확장 중이었다.

"네가 꼭 도와주었으면 하는 책이 하나 있는데."

어느 날 친구가 퇴근하는 민을 불러 앉혔다.

"이번에 좋은 인문학 원고를 발굴해서 시리즈로 낼 생각

126

이야."

"그래서 나보고 논문이라도 써보라고?"

민은 말도 안 된다며 손을 저었다.

"그게 아니고, 너 혹시 『카라마조프가의 형제들』 읽었니?"

"오래전에 읽었지, 그건 왜?"

내용이 가물가물했지만 대학 때 분명히 읽은 기억이 났다. 여느 문학도들이 그렇듯 『죄와 벌』이나 『카라마조프가의 형제들』로 입문한 뒤 도스토옙스키 소설에 빠져 『지하생활자의 수기』와 『백야』까지 몇 개월에 걸쳐 파지 않았던가. 민이 대학교 3학년 때의 일이었다.

"거기 보면 대심문관이 나오는 부분 있잖아."

대심문관 에피소드는 소설의 2부 5편에 '대심문관'이라는 소제목으로 등장한다. 차남 이반이 막내 알렉세이에게 자신이 쓴 서사시를 소개하겠다며 붙잡혀 온 예수와 그를 심문하는 대심문관의 대화를 소개하는 부분이었다. 내용이 시적이고 아름다우며 선과 악, 신의 아들과 그를 시험하는 존재의 이미지가 선명하게 대비를 이루어서 지금도 일정 부분 그 내용이 뇌리에 남아 있는 글이었다.

"그래, 분명히 기억해. 근데 그게 왜?"

"거기 보면 카라마조프가의 형제들 중 둘째 이반이 무신론자의 입장에서 신에 대한 자신의 견해를 피력하는 부분이 있어. 니체랑도 연결이 되고 사르트르와도 연결이 되는 심오한 구절이지. 아마 조금 더 깊게 파면 불교의 공(空)으로까지 연결될 수 있을 것 같아. 마태복음 4장도 중요하게 참고되어야 하고."

친구의 말인즉 정년이 돼 은퇴한 비교종교학 교수가 인문학 관련 원고를 하나 투고해 왔다고 한다. 원고는 외경(外經)에 나오는 아하스 페르츠(Ahas Pertz)를 탐구한 박사 논문 수준의 글이었다. 아하스 페르츠는 유대의 재봉사로 예수가 처형당하기 전 그의 앞길을 막고 조롱했던 인물로 알려져 있다. 성경에 등장하는, 예수를 시험하는 악마 또한 아하스 페르츠였다. 교수는 말년의 열정으로 중동 여러 지역을 여행하고 이스라엘과 이란, 이라크 지역의 주요 대학 도서관을 다 뒤지다시피 하여 유대 전설에 등장하는 아하스 페르츠의 뿌리를 찾아내고 그 기원을 따라간 것이다. 말하자면 일종의 아하스 페르츠 혹은 예수를 조롱하는 악마의 기원을(경우에 따라 지혜로운 존재로 알려지기도 한) 추적한 에세이였다.

내용은 훌륭했지만 칠순을 앞둔 노교수의 문장이 형편없어서 당장 출간이 어렵다는 게 친구의 설명이었다. 더구나 5천 매나 되는 난삽한 원고를 1천 매 내외로 줄여야 하는 과제도 덤으로 민이 해결해야 할 몫이었다. 민은 오래 생각하지 않고 작업을 하겠다고 대답했다. 친구의 부탁도 부탁이었지만 무엇보다도 현재 자신의 고민과 맞닿아 있는 흥미로운 소재였기 때문이다. 예수를 시험에 들게 했을 뿐만 아니라 부활을 논하는 예수 면전에서 그것을 비웃은 죄는 믿음이 신실한 사람들이 보기엔 있을 수 없는 불경죄였다. 아하스 페르츠를 그린 그림들이 죄다 악마로 표현된 것만 보아도 알 수 있다. 하지만 신을 믿지 않는 사람들에게 아하스 페르츠는 지극히 현실적인 존재였다. 신을 믿는 사람들이 맹목적인 믿음에서 벗어나 인간이 삶의 중심임을 깨닫도록 일깨워준 지혜로운 존재였다.

"이건 무조건 출간하는 게 좋겠어."

민이 흥미를 느낀 부분은 바로 그 점이다. 스스로 주인공이 되어 중동의 사막 곳곳을 취재해나가는 형식으로 작성된 노교수의 문장은 집요할 정도로 선과 악의 경계를 파고들고 있었다. 마치 뫼비우스의 띠처럼 필요에 의해 서로를 의지하며 떼려야 뗄 수 없는 끈끈한 관계로 얽혀 하나의 대서사를 완성해나가고 있었다. 그것은 비단 성경뿐만이 아니었다. 자주 인용된 그리스·로마신화나 『플루타르크 영웅전』, 『갈리아 전기』에도 비슷한 대결 양식이 이야기의 뿌리를 이루면서 서사의 전환을 가져왔다. 훗날 동서양 문명이 부딪혔던 십자군 전쟁에서도 신을 전면에 세우

고 선과 악이라는 인간의 양면성을 교묘하게 결합하여 민
초들을 선동하고 전쟁을 일으키는 도구로 활용했다. 교수
의 문장은 아하스 페르츠를 악으로 규정하는 모든 문헌을
부정하며 재평가를 해야 한다는 식의 결론으로 나아갔다.
그중에서도 특히 민의 눈길을 사로잡은 부분은 걸리버를
끌어들인 다음 장면이었다.

"혹시 후이넘(Houyhnhnm)의 왕국을 아시오?"
그날 저녁 늦게, 나는 현지에서 고용한 가이드 한 명과
함께 옛 우르크 지역의 한적한 농촌 마을에 닿았다. 나에게
그 질문을 던진 사람은 한때는 저 언덕 위에 있는 신전 근
처 학교에서 학생들을 가르쳤으며 이제는 은퇴하여 거리에
서 이방인 관광객들에게 야자유를 팔며 신전의 기원과 역
사를 안내하는 노인이었다.
"물론이죠. 그 완벽한 왕국을 모를 리 있겠습니까."
나는 반어법을 써서 완곡하게 대답했다. 적어도 그는 이
방인인 내가 어떤 목적으로 자신의 마을에 들렀는지 모르
고 있을 테니까.
"여기는 그런 곳이라네. 전쟁이 모든 걸 앗아갔지. 과거
에도, 현재에도."
노인이 동문서답을 하며 신전을 가리켰다. 저녁 햇살에

신전의 황토벽이 붉은빛으로 달아올랐다. 마치 잘 익은 야자나무 열매처럼. 그래서일까. 신이 저 안에 살고 있다면 필시 그 얼굴빛이 검붉을 거라는 쓸데없는 상상을 하게 만들었다. 그러고 보니 노인의 얼굴빛도 그러했다.

"그런데 후이넘과 전쟁이 무슨 관계가 있습니까?"

나는 호기심이 생겨 물었다. 후이넘은 걸리버가 네 번의 여행 끝에 도달한 말(馬)의 왕국이었다. 후이넘 왕국에서 이성을 가지고 나라를 지배하는 존재는 말이며, 말들의 사회는 완전한 이성 사회로 이성에 의해 악이 철저히 통제된다. 후이넘들은 자신들의 왕국을 가리켜 가장 이상적이고 완벽한 사회라고 자랑한다. 반면에 후이넘 왕국에서 선과 악을 갖추고 동물로 사육되거나 야생으로 존재하는 개체가 야후(Yahoo)라 불리는 인간이다. 인간은 현실 사회에서와 마찬가지로 온갖 아귀다툼을 벌이며 말들에 의해 철저히 사육된다.

"겉으로 보기엔 도덕으로 통제된 말들의 사회가 이상적으로 보일지 모르나 개성을 잃고 사는 그들은 실상 가장 비극적인 세계에 살고 있는 존재지. 저들을 보시오, 태어날 때부터 자신이 속한 사회를 세계의 중심으로 알고 자라는 저 아이들을."

노인이 거리를 뛰어다니는 아이들을 가리켰다.

"실례가 안 된다면 더 자세히 말씀을 해주시지요."

"철저히 이성적인 삶을 살려면 감각적인 모든 것을 포기하지 않고는 살 수 없는 법이니까. 그것은 말의 삶은 될 수 있을지언정 인간의 삶은 결코 될 수가 없다는 얘기요. 나는 그런 삶을 사느니 차라리 야후적인 삶을 택하겠소. 순수한 이성은 반드시 희생과 대가를 요구하는 법이니까. 진정한 악의 씨앗은 도덕이나 종교적인 윤리, 다수의 의견 따위가 절대적인 규범이요 선의 전형이라 믿고 그것으로 타인의 세계를 간섭하려는 인간들의 어리석음 아니겠소."

나는 비로소 노인을 천천히 훑어보았다. 흰 터번 밑으로 역시 흰 수염이 기품 있게 저녁 해를 누르고 있었다. 꾹 다문 입술은 확신으로 번들거렸고 눈 주변의 짙은 속눈썹은 어떤 면에서 꿈을 꾸는 듯한 소년의 모습이었다. 신이라는 이름으로 이 도시에 깃든 끝없는 전쟁과 가난……. 그제야 나는 그가 낯선 이방인에게 왜 이런 얘기를 꺼내 질문을 던지는지 이해할 수 있었다. 이곳에 속해 있되 자신의 세계를 부정하는 노인이야말로 진짜 이방인이었다. 그는 나에게 이 낯선 곳의 역사와 방문 목적에 맞는 지식을 전해주기 위해 현현한, 어떤 거룩한 존재였던 것이다.

"혹시 종교가 있소?"

노인이 주머니에서 물담배를 꺼내 입에 물었다.

"특별한 종교는 없지만, 신에 관한 이야기라면 잘 알고 있습니다. 사막에서 양을 치던 목동의 이야기도요."

무함마드와 예수 모두를 염두에 둔 대답이었다.

"그렇다면 다행이군. 혹시 그리스도 앞에 나타난 사탄의 역사를 기억하시오?"

"세 가지 시험을 말함입니까?"

"그렇소. 우리가 사탄으로 알고 있는 한 지혜로운 인간에 대한 이야기 말이오."

대화가 점점 흥미롭게 변해갔다.

"악은 진정한 의미로서의 절대 악이 아니라는 말씀이군요. 하지만 그것이 사회적 부조리의 산물이든 본능이든 인간의 어느 부분은 분명히 악하지 않습니까? 외부의 물리적 영향 없이도 인간은 외부를 공격하려고 하니까요. 도대체 그 자기방어적인 두려움은 어디서 오는 겁니까?"

노인이 한숨을 크게 내쉬고 천천히 답했다.

"여행자여, 지난 8천 년 동안, 저 신전은 자그마치 스물한 번이나 무너지고 세워졌소. 바로 당신이나 나, 저 골목의 아이들과 같은 후이넘들에 의해서요."

"그러니까 어르신은 이 세계를 이루는 파괴적이고 충동적인 인간의 면면을 오히려 긍정하시는 겁니까? 각자가 속한 세계관 속에서 가치를 위해 투쟁하고 파괴하고 새로 일어

서는 인간을? 하나의 가치가 공고히 다져질 때, 그것은 선
이라는 위장술 속에서 그 사회를 아우르는 가치로 태어나
고 결국 그들은 소설 속의 말들처럼 다른 가치를 알지 못한
채 자신들이 구축한 세계 속에 함몰될 뿐이며, 그것이야말
로 진정한 악이라는 말씀을 하고 계신 건가요? 그럴 바엔
차라리 선도 악도 아닌, 그것들이 뒤죽박죽된 세계가 진정
으로 인간의 가치를 빛나게 드러내 보인다는 말씀을 하고
싶은 겁니까?"

　노인은 대답하지 않았다. 나는 지지 않겠다는 태도로 되
물었다.

　"그런 일이라면 이미 이 사회가, 우리가 그렇게 하고 있지
않습니까? 생각해보십시오. 저 신전을 허문 세력이 외부에
서 왔습니까, 그들 자신입니까?"

　노인이 천천히 동문서답했다.

　"사자나 범이 먹이를 물어뜯는 건 죽이기 위해서가 아니
라 생명을 유지하기 위해서라네."

　"그래서 하고자 하는 이야기가 무엇입니까?"

　노인이 옆에 놓아두었던, 양털로 된 가죽 포대를 열고 한
뼘 크기의 작은 유리병들을 대리석 계단 위에 꺼내놓았다.
유리병 속에는 붉은빛을 내는 야자유가 들어 있었다.

　"이걸 보게, 이 지역 특산물인 야자유 말일세. 선물용으

론 아주 그만이지. 병 하나의 가격은 5디나르쯤 되지. 물론
사람에 따라 값이 다르게 매겨지지만."

"네? 그게 무슨 말씀이신지……."

나는 다소 맥이 빠진 채 되물었다.

"어서 이곳을 뜨게. 곧 짐승들이 몰려올 시간이네."

민은 다른 일은 잊고 석 달 가까이 교정에만 매달렸다.
책 한 권 분량으로 원고가 다듬어졌을 때 100권 정도의 책
을 단기간에 읽은 듯한 경험을 했다. 그만큼 원고가 방대
했기 때문이다. 40년 교직 생활이 말해주듯 저자의 지적
관심은 단순하게 비교종교학을 넘어서서 동양의 유불선
과 물리학, 천문학, 음양오행으로까지 방대하게 뻗어나갔
다. 그 모든 걸 하나의 씨줄과 날줄로 교직시켜나가자 선
도 악도 사라지고 본질에 대한 질문만 남았다. 사회적인
규범과 도덕의 잣대를 따라야 할 것이냐, 아니면 개인의
자유의지에 의해 자신을 옥죄던 주변의 불합리한 존재들
을 파멸시키고 진정한 마음의 평화를 얻느냐, 하는.

그렇다면 나는 야후일까, 후이넘일까…….

사람 좋은 얼굴을 한 채 주변을 맴도는 남편과 시어머니
가 떠올랐다. 끊임없이 감추며 자신들이 갖고 있는 비밀이
마냥 영원할 거라고 믿는 사람들. 언제라도 좋으니 살가죽

뒤에 감추어놓은 그들의 진짜 얼굴을 보고 싶었다. 그리하여 그들이 계획하고 어쩔 수 없이 키워온 악의 씨앗들을 죄다 발라내어 대가를 치르게 하고 싶었다. 단지 베개 밑에 부적 하나를 넣는다고 해서 해결될 일이 아니겠지. 천만 원짜리 굿을 한다고 해결될 일도 아닌 것이다. 내가 움직여야 해. 나는 여전히 무대 위에 서 있는 주인공이니까. 일을 마치고 천천히 걸어서 집으로 돌아올 때마다 민은 손을 꼭 쥐곤 했다.

원고가 출간된 날, 민은 회식을 마치고 곧장 집으로 가지 않고 전에 살던 집 근처로 가보았다. 구멍가게에 도착한 민은 소주 한 병을 산 뒤 평상에 앉아 삼일아파트를 올려다보았다. 저녁 10시쯤 되었을 때였다. 환한 보름달이 맞은편 능선에 떠오르는가 싶더니 이내 먹장구름이 달을 삼켜버렸다. 이후 계속해서 달빛과 구름이 서로 싸움을 하듯 가리고 나타나기를 반복했다. 민의 눈엔 그것이 단순하지만 자신과 자신을 둘러싼 존재들의 대결처럼 보였다. 무언가를 끝없이 감추고자 하는 사람들과 그 속에 드리워진 의혹들, 그것을 들추려 하면 할수록 한쪽 존재는 피를 흘려야만 한다. 타인의 삶을 위협하는 존재는 제 목적을 위해 상대의 피 정도는 아무렇지 않게 생각하는 게 틀림없었다.

민은 소주를 따 잔도 없이 목구멍으로 들이부었다. 삽시간에 술기운이 올라 머리가 빙글빙글 돌았다. 이제는 울음조차 나오지 않았다. 여행을 가지 않았다면 엄마는 죽지 않았을 테니까. 동수를 입양하지 않았다면 엄마는 죽지 않았을 테니까. 더 나아가 지금의 남편을 만나지 않았다면……. 하나부터 열까지 엄마의 죽음은 민과 연관돼 있었다. 자신의 부주의함으로 아이를 죽이고 이제 엄마마저 죽인 것이다. 누구에게도 위로받을 수 없고 어디서 하소연할 수도 없는 혼자만의 아픔이었다.

그때 내면에서 목소리 하나가 밀고 올라왔다.

"잠깐만, 그러니까 처음부터 이야기를 시작해보도록 하지. 그날 밤, 눈보라가 휘날리던 어느 12월 저녁, 변변한 간판조차 달려 있지 않은 교회에서부터."

민은 괴로움에 끄억, 울음을 터뜨렸다. 목사 부부의 말대로 충실히 교회에 나갔다면 구원받을 수 있었을까. 그들 말대로 신을 섬겨 죄 사함을 받았다면, 그런데 대체 무슨 죄를 사함받지? 살아오며 특별히 죄를 지은 기억이 나지 않았다. 사소한 일로 친구를 미워하거나, 형제 부모와 때론 감정적으로 부딪힌 일들을 제외하면……. 그런 일들이 죄의 영역이라 생각되지는 않았다. 살다 보면 누구나 겪게 되는 삶의 일부분이니까.

"믿음이 없으니 심판을 받은 거야. 더 늦기 전에 구원을……."

목사 부부의 말이 메아리처럼 다시 귀로 날아왔다.

"듣고 싶지 않아, 제발……."

"그래도 들어야 해!"

그 순간 맞은편 어둠 속에서 목소리의 주인인 또 다른 민이 튀어나와 평상에 앉았다. 민은 고개를 들어 상대를 노려보았다.

"그날 나는 너를 시험코자 하였다."

그림자의 형상을 한 그가 물었다.

"내가 왜 너의 말을 들어야 하지?"

민은 상대의 말에 반응하고 싶지 않았다.

"나는 네 마음속에 자리한 심문관, 너는 내 존재를 익히 알고 있다. 나를 꺼낸 것도 너고. 내 질문과 너의 대답이 너를 자유롭게 하리란 걸 너는 잘 알고 있어."

민은 부정하지 않았다. 검은 그림자가 말했다.

"너는 돌로 떡을 만들어보라는 시험과 마주한 그리스도의 첫 번째 고난을 기억하고 있을 것이다. 너도 잘 알겠지만 그것은 인간의 원초적 미혹에 대한 시험이었어. 선지자 예수의 능력을 의심한 게 아니라 수많은 가짜 메시아들 사이에서 그가 진짜인지 확인할 필요가 있었던 거지. 말하자

138

면 그날 저녁에도…… 너에겐 비슷한 시험이 있었다. 죽은 자식을 대신할 만한 아이의 출현이 그것이었지. 그 아이를 처음 보았을 때 너는 조건 없이 아이에게 연민을 느꼈던가, 그게 아니라면 귀찮은 일에 휘말리고 싶지 않다는 본능이 더 강했던가…… 남편의 뜻에 따라 엉겁결에 아이를 입양한 후에도 마찬가지였다. 진심으로 그를 한 가족으로 받아들일 준비가 돼 있었던가. 아니면 끝없이 비교하고 의심했던가……."

민은 대답할 수 없었다. 질문은 두 번째로 이어졌다.

"너는 선지자 예수께서 당한 두 번째 시험을 기억할 것이다. 높은 산으로 올라가 아래로 뛰어내리라는 심문관 혹은 악마의 권유 말이야. 너도 잘 알겠지만 그건 믿음과 두려움에 관한 시험이었어. 예수께서 시험을 통과할 수 있었던 건 두려움을 이겨냈기 때문이지. 너는 어떤가. 기르던 개가 사고를 당하고 급기야 어머니가 죽었을 때, 너는 아무것도 믿지 않았다. 10년 가까이 살을 맞대고 사는 남편과 부모로부터 버려진 불쌍한 아이를 의심했다. 네가 당한 불행의 원인을 주변의 원인으로 돌림으로써 자신의 분노에 정당성을 부여하고 있다고 생각해본 적은 없는가? 마음속에서 일고 있는 너의 분노와 두려움은 어디서 출발했는가?"

민은 대답할 수 없었다. 질문은 세 번째로 이어졌다.

"선지자 예수께서 당한 세 번째 시험을 기억하겠지. 자신에게 경배하면 모든 권세를 주겠다는 말. 하지만 예수께선 그것들을 한마디로 거절해버렸다. 만약 심문관의 말을 듣게 된다면 당장 권세를 얻을진 모르지만 인간의 자유의지는 박탈되고 말 테니까."

민은 대답하지 않았다. 그림자가 계속해서 얘기했다.

"그런데 여기서 한 가지 이상한 점이 느껴지지 않나? 하늘에 닿겠다고 바벨탑을 쌓고 황금으로 소를 만들어 섬기던 미개한 족속에게 신의 음성이 내려졌는데, 오히려 진짜 자유의지를 빼앗긴 채 교회당에 모여 신을 찬양하는 머저리들의 세상이 오고 말았단 말이지. 저세상의 예수께서 한탄할 만한 일이지. 신전도 경전도 사라지고 시뻘건 교회만이 그들의 우상을 허공에 새겨놓은 채 묘지처럼 어두운 도시 곳곳에 봉분을 만들고 있으니."

민은 대답하지 않았다. 그림자가 계속해서 얘기했다.

"다시 처음으로 돌아가보자, 그날 그 교회당 앞으로."

"왜 그래야 하지?"

목소리만 남은 상대가 대답했다.

"답이 거기 있으니까."

차계부

　민은 소주 한 병을 다 비운 뒤 천천히 일어났다.

　"혼자 갈 수 있겠어?"

　아까부터 바깥을 살피던 할아버지가 걱정이 되는지 물어 왔다.

　"그럼요!"

　민은 씩씩하게 대답했다. 치매 기운이 있어 거스름돈조차 제대로 거슬러주지 못한다고 소문이 난 게 벌써 1년 전이었다. 그럼에도 할아버지는 여전히 가게를 지키고 있었다.

　"저, 할아버지. 진짜 궁금한 게 있는데요……."

　민은 비틀거리며 몇 발짝 걷다가 평상으로 돌아왔다.

　"뭐가?"

할아버지가 술병을 치우며 대답했다.

"이제 세월 많이 지났으니까 말해주셔도 될 것 같은데, 혹시 진짜로 사람 죽여본 적 있으세요? 아, 물론 월남에서 말예요."

2층 베란다에 그림자가 일렁대는 게 보였다. 밖에서 말소리가 나자 세 든 여자가 무슨 일인가 싶어 커튼 뒤에 숨어서 밖의 동정을 엿듣기라도 하는 모양이었다. 아니면 담배를 한 대 피우고 있거나.

"에구, 그걸 말하면 뭣 해. 전쟁터가 다 그렇지."

술기운에 의지해 민은 더 노골적으로 물었다.

"몇 명이나요? 직접 총으로 쏘셨나요? 아니면 칼로."

민은 술병으로 푹 찌르는 시늉을 해 보였다.

"몇 명인지는 모르지만 많이 죽였어. 밤에 우리 분대가 밭고랑에서 매복을 하고 있었는데 그것도 모르고 적이 일개 소대나 몰려왔지. 쏘고 던지고 찌르고 철모를 벗어서 치고, 두 시간 동안 정신없이 싸우다 보니 적도 물러가고 날도 밝아 있더라고. 우린 아홉 중에 셋이 살았고, 눈앞에 널려 있던 시체는 스물두 구……."

민은 후, 하고 한숨을 쉬었다.

"살아오시며 죄책감도 엄청나셨겠어요……."

할아버지가 뜻밖의 대답을 했다.

"글쎄, 난 아직도 뭐가 뭔지 잘 모르겠어. 중요한 건 그 순간에 내가 거기 있었고 내가 해야 할 일을 마땅히 했을 뿐이니까. 그건 누구의 잘못도 아니야."

민은 과장되게 고개를 끄덕였다.

"그렇죠? 이해해요, 할아버지."

민은 택시를 불러 집으로 돌아왔다. 아이와 함께 있을 것이라 예상했던 남편은 집에 없었다. 저녁에 아이를 유치원에서 데려와 남편에게 맡긴 뒤 외출을 했던 것인데 남편이 감쪽같이 보이지 않았다. 다행히 아이는 별문제 없이 제 방에서 책을 읽고 있었다. 아이를 위해 100권이나 되는 그림 동화 시리즈를 큰맘 먹고 장만해주자 틈만 나면 책을 붙잡고 있었다. 민은 아이가 하나하나 세상을 배워갈수록 두려움을 느꼈다. 하지만 그런 자신의 마음을 들키지 않기 위해 최대한 아무렇지 않게 아이를 대해왔다. 그러면서 생각했다. 저 속에 무언가 웅크리고 있다! 언젠가 동수의 내면에 도사린 사악한 존재를 끄집어내리라. 아이의 몸을 빌린 악마를.

"아빠는 어디 갔니?"

민은 혹시나 해서 아이에게 물어보았다.

"몰라요."

아이가 뒤도 돌아보지 않고 대답했다.

민은 남편에게 전화를 걸었다. 남편은 맥주를 사러 나왔다며 대수롭지 않게 말했다. 편의점이 민이 오던 길과 반대 방향이어서 마주치지 않은 모양이었다. 민은 소파에 앉아 새삼 집 안을 휘둘러보았다. 다시 무지를 데려와야 할까. 집 안이 이유 없이 적적하게 느껴졌다. 에어컨을 가동한 뒤 거실 소파에 편하게 누웠다. 그런 다음 홈카메라 앱을 실행시켰다. 남편이 집을 비울 때마다 조심스럽게 하는 행동이었다. 남편은 민이 자신을 관찰하고 있다는 사실에 무감한 듯 보였다. 당연히 여섯 살에 불과한 동수도 모를 것이다. 홈카메라는 마치 장식장의 일부처럼 텔레비전 옆에 세워져 있었으니까. 이사와 동시에 새로 설치한 것인데 민에게는 무지만큼이나 든든한 존재였다.

민은 천천히, 아이를 유치원에서 집으로 데려온 시각부터 영상을 확인했다. 5시 32분, 문을 열고 들어서는 민과 아이가 보였다. 민은 아이를 씻기고 옷을 갈아입힌 뒤 밥을 했다. 6시 40분, 남편이 현관문을 열고 들어왔다. 민은 아침에 먹다 남은 국을 데우고 반찬을 꺼내 식탁에 차린 뒤 막 퇴근한 남편을 불렀다. 실내복으로 갈아입은 남편이 식탁으로 다가오는 장면이 보였다. 제 방에서 나온 동수는 동화책을 꺼내 식탁에 올려놓고 한 장씩 넘기며 밥을 먹었다.

그 장면을 바라보다가 민은 옷을 갈아입고 서둘러 나갔다. 민이 나간 뒤 남편은 식탁의 그릇을 개수대로 가져가 설거지를 했다. 동수는 식탁에 앉아 계속 동화책을 보다가 제 방으로 사라졌다. 설거지를 마친 남편이 안방으로 들어가면서 녹화가 끊어졌다. 피사체가 움직일 때만 녹화되도록 설정되어 있었기 때문이다.

한 시간쯤 지나 화장실에 가는 동수의 옆모습이 카메라에 잡혔다. 뭘 하는지 동수는 화장실에서 20분도 넘게 있다가 밖으로 나왔다. 화면은 9시 20분경에 다시 시작됐다. 동수가 방에서 나와 현관으로 가는 모습이 찍혀 있었다. 화면에 모습이 드러났을 때 오른쪽 가슴에 무언가 까만 물체가 안겨 있었다. 보기에 따라서는 민이 여름에 신는 검정 장화처럼 보이기도 했다. 동수는 까만 물체를 안은 채 제 방으로 들어가버렸다. 그 뒤 화장실에 가는 장면이 한 번 더 찍혀 있었지만 까만 물체가 무엇인지 추측할 수 있는 증거는 찾을 수 없었다. 민은 재생을 중지하고 호흡을 골랐다. 분명히 무언가 있다!

자신도 제어할 수 없는 분노에 이끌려 민은 성큼 아이 방으로 다가갔다. 하지만 문고리에 손을 대기 직전, 정신을 가다듬고 멈춰 섰다. 최대한 냉정해져야 했다. 그렇지 않으면 시험을 통과할 수 없는 것이다. 보이지 않는 심문관이 그녀를 옥죄고 있었다. 외부의 위협이 문제가 아니었다. 이건 자기 자신과의 싸움이었다. 자신을 둘러싸고 벌어졌던 기이한 일들을 낱낱이 밝혀 죄책감에서 벗어나려면 충동보다는 이성적인 행동이 필요했다. 구멍가게 할아버지가 어쩔 수 없는 상황 속에서 적을 향해 방아쇠를 당기고 칼을 휘두른 건 본능이자 이성이었다. 감성과 이성은 종이 한 장 차이지만 감정을 통제하지 못하면 언제든 심문관의 발밑에 바싹 엎드려야 하는 상황이 오고 마는 것이다.

"뭘 보고 있어?"

아이의 등 뒤로 다가가며 민이 침착하게 물었다.

"백설공주요⋯⋯."

아이는 언제부터인가 엄마라는 말을 하지 않았다. 아이 역시 본능적으로 그 말의 어색함을 알아차렸을 것이다.

"그래? 백설공주는 착한 사람이야, 나쁜 사람이야?"

아이 옆에 앉아 손으로 아이의 머리를 쓰다듬으며 물었다. 민은 자신의 지금 행동이 얼마나 가식적인지 인지하고 있었다. 생각 같아서는 당장 현관문을 열고 아이에게 나가라고 소리를 지르고 싶었다. 아니, 아이의 목덜미를 부여잡고 흔들고 싶었다. 악을 쓰며 묻고 싶었다. 왜, 왜, 그랬냐고. 아이가 가스레인지 불을 켜놓고 화면 밖으로 사라지는 장면을 수백 번도 더 돌려 보며 민은 매번 그런 충동을 참아왔다.

"나빠……."

아이가 삽화로 그려진 백설공주를 가리키며 말했다.

"왜 그렇게 생각해?"

민은 아이의 대답이 흥미롭기도 하고 섬뜩하기도 했다.

"혼자만 예뻐."

아이는 책을 읽다 말고 볼펜을 꺼내 백설공주의 눈을 찔렀다.

"왜 그런 행동을 하는 거니?"

"혼자만 예쁘다구."

민은 아이를 놓아둔 채 침대 밑과 옷장을 살폈다. 까망이의 흔적은 발견되지 않았다. 장화로 짐작되는 물건이나, 하다못해 어떤 검은색 물건도 찾을 수 없었다.

"이제 그만 자도록 해. 늦었잖아."

민은 아이의 손에서 동화책을 빼앗으려 했다. 동수는 책을 꽉 붙잡고 손에 힘을 주었다. 아이임에도 손목 힘이 예사롭지 않다고 느꼈다.

"근데 문은 왜 열어놓았어?"

밖으로 나가려다가 민은 두 뼘쯤 열린 창문을 보았다.

"답답해서……."

민은 창문으로 가 아래를 내려다보았다. 집은 3층이었

다. 까망이가 아래로 뛰어내린다면 어떻게 될까. 고양이가 활공 능력이 뛰어나다는 기사를 읽은 게 기억났다. 내가 방으로 들어오기 전, 창문을 이용해 밖으로 내보낸 게 아닐까. 하지만 이내 고개를 저었다. 어린아이가 그 정도로 영리하게 행동할 수 없는 일이었다. 이런 얘기를 밖에 나가서 한다고 해도 믿어줄 사람은 어디에도 없을 것이었다. 엄마가 죽고 나서 그랬던 것처럼, 치료가 필요한 사람, 상담이 필요한 사람 취급을 받게 될 게 불 보듯 뻔했다.

"아직 안 자?"

민이 막 거실로 나오는데, 남편이 현관문을 열고 들어오며 물었다. 남편의 손에는 정말로 맥주가 든 비닐봉지가 들려 있었다.

"응, 자료 좀 볼 게 있어서."

"같이 마실래?"

"아냐, 난 씻고 뭐 좀 해야 해."

남편은 더 권하지 않고 맥주를 들고 안방으로 들어갔다.

민은 욕조에 뜨거운 물을 받은 뒤 화장실 문을 잠갔다. 그런 다음 물속에 하반신을 담근 채 핸드폰에 저장된 영상을 뒤졌다. 지금까지 동수의 행동에 초점을 맞추었다면 방향을 바꾸어 남편을 집중적으로 살피기 시작했다. 남편의 행동 패턴은 늘 똑같았다. 거실로 아이를 데리고 나와 프로야구를 보거나 유럽 프리미어리그를 보았고 가끔 아이의 질문에 대답해주는 보통 아빠였다. 민이 자리를 비운 날에는 직접 요리해서 아이와 함께 먹기도 했다. 남편이 즐겨 하는 요리는 양배추볶음이었다. 양배추를 썰어 올리브유와 소금, 약간의 양조간장과 마늘을 듬뿍 친 그 요리는 민도 좋아했다. 자기가 했을 때보다 남편이 했을 때 이상하게 더 맛이 있어서 가끔 남편을 졸라 양배추를 볶아 밥에 얹어 먹었다.

새벽 2시, 민은 졸린 눈을 비비며 사고 당시 장면이 녹화된 영상을 클릭했다. 사고 몇 시간 전부터 집 안의 움직임을 유심히 살피던 민은 남편의 특이한 행동 하나를 찾아냈다. 그날 남편은 친구를 만나러 가기 위해 집을 비웠다고 했던가. 집을 나서기 세 시간 전, 남편은 거실에 앉아 무언가를 열심히 적고 있었다. 대학노트보다 조금 작은 검정색 노트였는데 집 안에서 한 번도 그 노트를 본 적이 없었다. 그러니까 남편은 민이 있을 때는 그 노트를 집 안에 들이지 않았던 것이다. 의도했든 의도하지 않았든 말이다. 민은 막연히 그 노트가 남편의 회사 일과 관련된 것이라고 짐작했다. 업무일지 같은 것 말이다.

남편은 외출할 때 그 노트를 옆에 끼고 나갔다. 그 뒤 영상에서 혹은 그 전 영상에서도 민은 그 노트를 본 적이 없었다. 그러니까 그 노트는 민이 프랑스로 장기간 자리를 비운 틈을 타 남편이 집으로 가져온 것이다. 민은 다시 영상을 클릭해보았다. 남편은 텔레비전도 보지 않고 거의 30분 가까이 노트에 머리를 박고 무언가를 적는 데 열중했다. 사귈 때 연애편지 한 번 안 써본 남편이 무언가 적고 있는 장면은 민에게 무척 생소하게 다가왔다. 곰곰이 생각해보니 남편이 노트를 놓아둘 곳은 한 곳밖에 없었다. 결혼하고 이듬해에 장만했던 검정색 아반떼가 그곳이었다. 운전을 못하는 민은 그동안 한 번도 남편의 차에 혼자 가본 적이 없었다. 따라서 그곳은 오로지 남편만의 공간이었다.

그 순간 잊고 있던 용왕보살의 말이 뒤통수를 후려치고 지나갔다. 도망가! 집 안에 한 여자의 한이 서려 있다는 말, 그것이 가족을 괴롭히고 있다는 용왕보살의 말을 들었을 때 민은 한 귀로 듣고 한 귀로 흘렸던 게 사실이다. 아무리 용한 보살이라 해도 대개는 굿을 유도하여 거액을 뜯어내는 게 그들의 생리라는 걸 그동안 살아온 세월 속에서 터득한 탓이다. 제법 큰돈을 쥐여주고 받은 부적 또한 효과가 없지 않았던가. 그녀를 만나 신세 한탄을 하고 부적을 받아 베개에 넣어둔 뒤 사실상 무당의 경고를 잊고 살아왔던 것인데, 남편의 수상쩍은 행동을 보자 다시금 보살의 경고가 되살아났다. 한 번쯤 확인해보았어야 한다. 그

150

동안 원고 작업에 몰두하느라 남편에 대한 경계심을 풀고 있었는지도 모른다.

민은 남편의 자동차를 수색할 생각에 골몰했다. 최대한 자연스러워야 한다. 만약 자신이 의심받는 걸 안다면 남편도 가만히 당하고 있지만은 않을 것이기 때문이다. 보름 뒤 마침내 기회가 왔다. 남편이 목욕탕에 간 일요일 오전, 민은 덜덜 떨리는 손으로 남편이 벗어놓고 간 바지 주머니에서 열쇠를 꺼냈고 그 즉시 주차장으로 향했다. 빌라 주차장이 비좁아서 남편은 구에서 운영하는 거주자 전용 주차장을 이용했다. 은행나무 이파리를 뒤집어쓴 남편의 차를 찾아낸 뒤 민은 주변을 살피고는 조심스럽게 문을 열고 운전석으로 들어갔다.

노트는 금방 찾아냈다. 민의 예상과 달리 그것은 자동차 보험사에서 준 차계부였다. 차계부는 글로브박스가 아닌, 운전석 시트 밑에 숨겨져 있었다. 민은 노트의 위치를 몇 번이나 확인한 뒤 손을 집어넣어 힘겹게 노트를 빼냈다. 도대체 차계부가 뭐가 중요하다고 이리 꽁꽁 숨겨놓았을까. 운전석 구조를 잘 알지 못해서 노트를 빼내는 게 쉽지 않았다. 일부러 숨기려는 의도가 분명하다고밖에 볼 수 없었다. 글로브박스에 넣어놓았다면 조수석에 앉은 민이 언제든 노트를 발견할 수 있었을 테니까.

평소 꼼꼼한 남편의 성격답게 차계부엔 그동안 수리 내역이며 엔진오일 교환 등이 날짜별로 기록돼 있었다. 하지만 그런 기록은 채 네 장을 채우지 못하고 끝이 났다. 혹시나 해서 뒷장을 살피던 민은 숨을 멈추고 차계부를 덮었다. 핸드폰을 꺼내 시간을 확인해보았다. 남편은 사우나에 가면 머리도 깎고 때도 밀었다. 아무리 빨리 와도 세 시간 이상을 그곳에 머물렀다. 극도의 불안감 속에서 다시 노트를 펼쳤다. 차계부 맨 뒷장부터 메모 형태의 글들이 세 줄 혹은 다섯 줄씩 두서없이 쓰여 있었다. 볼펜 색깔이 다른 것으로 보아 각각 다른 날 쓴 글들이었는데 날짜는 적혀 있지 않았다.

두렵다. 두려운 마음을 어디에도 털어놓을 수 없어 몇 자 적는다. 이미 엎질러진 물이고 되돌릴 수 없다. 악마가 되지 않으려면 최대한 평정심을 유지해야 한다.

첫 글은 그렇게 시작되고 있었다. 문맥만 본다면 어떤 의미인지 도저히 짐작되지 않는 문장이었다. 민은 마음을 가라앉힌 뒤 운전석에 앉아 이 글을 썼을 남편의 입장이 되어보았다. 도대체 어떤 고민이 남편으로 하여금 이런 글을 쓰게 만들었을까. 무엇이 그에게 두려움을 느끼게 했을까.

직장에서 문제가 생긴 걸까. 차 사고를 낸 걸까. 두 가지
다 가능성 있는 가정이었다. 특히 후자일 확률이 높았다.
민은 인터넷이나 텔레비전 방송을 통해 교통사고를 내고
도주한 사람들의 이야기를 자주 들어왔다. 어쩌면 남편도
그랬을 것이다. 음주 운전을 했거나 혹은 취한 사람을 치
었을지도 모른다. 그런 다음 두려움에 빠진 나머지 상대를
살피지 않고 도망쳤겠지.

이제 한계에 다다랐다. 도저히 설득이 되지 않는다. 점점
더 우리 가족의 영역으로 틈입해 들어오길 원한다. 그녀는
그걸 복수라고 여기는 듯하다. 한순간에 깨질 평화가 두렵
다. 인내심을 갖고 계속 설득해야 한다.

하지만 민의 상상력은 금방 벽에 부딪혔다. 한계, 설득,
가족의 영역, 복수, 다시금 설득……. 남편이 선택한 단어
들은 복수 드라마의 한 대목처럼 익숙했다. 그 문장이 어쩌
면 자신과 연결되어 있을지도 모른다고 생각하자 소름이
돋았다. 그녀가 대체 누구지? 용왕보살이 말한 그 여자일
까? 도대체 무엇이 한계에 다다랐다는 걸까. 누구이기에
우리 가족의 영역으로 틈입해 들어오길 원한단 말인가. 남
편은 그녀에게 무슨 잘못을 저질렀기에 그녀를 설득하려

고만 하는 걸까. 시간이 지날수록 머릿속이 혼란스러웠다.

만약 이것이 나에 대한 이야기라면, 그러니까 남편은 까
망이로부터 시작된 일련의 사건을 두고 극심한 스트레스
를 받았던 게 아닐까. 그래서 나와 이혼을 결심한 게 아닐
까. 한계와 설득에 가장 잘 어울리는 정황이었다. 하지만
가족의 영역이나 복수는 아무리 생각해도 떠오르는 게 없
었다. 민의 입장에서 가족은 남편과 자신이었다. 다른 누
군가의 가족으로 내가 틈입하기라도 했단 말인가? 남편은
단 한 번도 그런 얘기를 한 적이 없었다. 진지하게 어떤 문
제를 가지고 민을 설득하려 하지도 않았다. 단지 민에게
치료와 상담을 권했을 뿐이다. 설득의 영역이 아니라 권고
의 영역이었다. 이건 내 이야기가 아니야! 시간을 확인한
민은 떨리는 마음으로 페이지를 넘겼다. 술을 마신 듯 글
씨가 삐뚤빼뚤했다.

시간이 지날수록 집착이 심해진다. 나는 구원받고 싶다.
아니, 그녀를 구원해주고 싶다. 도대체 어디서부터 잘못된
것일까. 애초에 내가 시작한 일이니 누굴 탓할 수도 없다.
하지만 나는 가정을 지키고 싶다. 가정이 깨지는 것만은 도
저히 두고 볼 수 없다.

하지만 그녀를 안는 순간, 나의 다짐은 무너지고 만다. 출

장을 핑계로 혹은 회식을 핑계로 나는 거듭해서 무엇에 홀린 듯 그녀의 영역으로 넘어 들어간다. 아, 이것은 악마들의 광란이라고밖에 볼 수가 없다. 그녀도 나도 구원받을 수 없을 것이라는 생각이 든다. 신이시여, 어떻게 하면 그녀의 육체로부터 벗어날 수 있을까요. 아내와 관계가 없다시피 한 건 사실이지만 나는 여전히 그녀를 사랑하고 있지 않은가. 하지만 그녀의 몸 앞에서 나는 주춤거린다. 뭉개진 도덕심 때문일까. 아니면 다른 무엇 때문일까.

민은 이미 제정신이 아니었다. 서둘러 페이지를 넘겨 보았다.

도덕은 인간의 가장 깊은 순수이성에서 출발한다. 도덕은 최소한의 악을 수단으로만 사용한다. 반면 악은 스스로 목적을 위해 수단이 되지 않는다. 근원 없이 도처에 퍼져 있다. 사방에 떠다니므로 언제든 포집이 가능하다. 그것의 발톱이 사나워서 가끔 피를 흘려야 할 때도 있다. 어쩌면 목숨을 걸어야 할지도 모른다. 악은 이성의 영역이나 감성의 영역에 있는 것이 아니다. 본디 거기, 이 근원의 공간에 속해 있는 것이다. 악은 스스로 자신의 내부를 뜯어먹고 자란다. 포식자처럼 오로지 몸집을 키우는 일에만 골몰한다.

악마의 근원이 본디 그런 것이다. 마침내 하나의 형체가 되면 동굴 틈에 웅크리고 있다가 모두가 잠든 밤 날개를 펴며 그때까지 잠 못 드는 여린 사람들의 창문을 기습한다. 모양도 냄새도 없던 그것이 비로소 형체를 갖추게 되는 것이다.

그렇다. 피할 수 없는 파멸이 아주 가까이에 이르렀다. 나는 그것의 냄새를 맡을 수 있다. 세상 그 어디에서도 맡아본 바 없는 지독하게 썩어가는 냄새를……. 또한 나는 그것의 형체를 느낄 수 있다. 돌이켜보면 그날 그곳으로 가는 게 아니었다. 아무리 죽는다고 위협을 해도 못 들은 척 집으로, 나의 안식처로 돌아왔어야 했다. 사랑하는 은수와 아내가 있는 곳으로 말이다. 그러나 어쩌다가 내 발길이 그 어둠침침한 곳으로 향했는지 모르겠다. 결혼과 함께 깨끗하게 정리된 줄 알았다. 그렇게 믿었는데, 그녀의 삶이 그토록 황폐해져 있을 줄 몰랐다. 순간의 동정심, 그것이 나를 망치고 말았다. 그런데 그 짧은 순간에 마치 원죄처럼 악의 씨가 잉태되다니…….

차계부를 덮고 고개를 들었다. 구름에 가려진 희뿌연 해가 근처 목련나무 잔가지에 걸려 있었다. 중학생들이 공을 튕기며 지나가고 있었다. 아이들은 활력이 넘쳤다. 민은 서둘러 차계부를 원래의 자리로 집어넣었다. 남편이 돌

156

아올 시간이었다. 일단은 남편에게 발각되지 말아야 한다
는 생각이, 어떤 명령처럼 민의 머리를 때렸다. 만약 남편
에게 발견된다면, 그리하여 그가 모든 걸 실토하게 된다
면……. 그러나 그것은 진실이 아닐 것이다. 남편은 현실
을 모면하기 위해서 꾸미고 감출 것이다. 어떤 변명도 마
다치 않고 거짓을 토할 것이다.

　진실을 알아야 한다. 남편의 입이 아닌 스스로의 힘으로.
심판은 그다음에 해도 늦지 않았다. 차계부에 적힌 필체는
분명히 남편의 것이었다. 남편은 철저하게 민을 속여왔다.
메모의 내용으로 미루어보건대 여자가 있었다. 어떤 이유
로 그 여자와 헤어진 뒤 민과 결혼했다. 하지만 여자는 남
편을 못 잊어 여러 차례 연락을 취했다. 그러던 어느 날,
그녀가 자살 소동이라도 벌였을까. 그녀를 향해 허둥대며
달려가는 남편이 상상되었다. 그러곤 내게 전화를 걸었겠
지. 오늘 돌아가지 못할 것 같다고. 아마도 전주나 광주 혹
은 경상도 어디쯤이라고 둘러댔을 것이다. 출장을 핑계로
수많은 날들이 그런 식으로 무마되었을 것이다.

　남편은 흐느끼는 그녀를 품었을 것이다. 옛 여자와 몸을
맞댄 남편의 기분은 어떠했을까. 민이 집에서 빨래를 걷
고 셔츠를 다릴 시간에, 남편은 그 여자의 몸을 몇 번이나
탐했을까. 그 저주받은 밤에 여자의 몸에 아이가 자리 잡

는다. 거짓말 같지만 시나리오는 점점 무르익는다. 여자는 아이의 임신 사실을 비밀로 한다. 그 편이 남편을 협박하는 데 유리했겠지. 마침내 혼자 아이를 낳고 복수를 감행한다. 아이를 키우지 않으면 모든 걸 폭로하겠다고…….

여자의 전화를 받은 순간, 남편의 표정은 어떠했을까. 하던 일을 멈추고 집으로 달려가지 않았을까. 하지만 피붙이를 안은 여자를 보며 차마 그러지 못하고 돌아섰겠지. 여자는 더 치밀하게 남편을 파멸로 몰아간다. 시시각각 부부의 주변을 맴돌며 그들을 관찰하고 기회를 엿보았을 것이다. 약수터에서, 구멍가게 앞길에서, 수없이 느껴지던 차가운 시선, 그 시선 속에 오로지 복수만을 꿈꾸는 한 여자의 눈동자가 박혀 있다. 민이 화장실에 간 그 짧은 순간, 은수의 목을 꺾은 것도 그 여자였을까.

부부의 아이가 죽자 모든 조건이 완벽해졌다. 누가 먼저 그런 아이디어를 냈을까. 남편일까, 그 여자일까. 아무튼 그들이 크리스마스이브를 디데이로 잡은 건 완벽했다. 분위기를 잡기 위해 남편은 그즈음 개봉영화 중에 가장 따스한 영화를 골랐고 와인을 마시며 분위기를 띄웠겠지. 인간의 내면에 고여 있는 측은지심을 끄집어내기 위해서 말이다. 작전은 성공했다. 아이는 계획대로 입양되었고 악의 씨앗은 정정당당히 안방으로 들어왔다. 그 여자가 애지중지 기르던 사악한 고양이 한 마리의 호의를 받으며 당당하게.

그런데 왜! 차 문을 열고 몇 발짝 걷던 민은 콘크리트 바닥에 엎드려 오열했다. 그런데 뭐가 부족했을까. 뭐가 부족해서 아무런 죄도 없는 엄마의 생명을 앗아갔을까. 그 모든 일에 마치 악마가 개입한 것처럼 그들의 작품은 너무도 완벽했다. 자기들은 조금도 다치지 않으면서도 끈질기고 끔찍한 방법으로 한 아이를 죽이고 무지의 눈알을 뽑고, 죄 없는 엄마의 생명을 앗아갔으니까. 거기서 끝난 게 아니었다. 계속해서 목줄을 조여와 내 목숨까지 빼앗게 되겠지. 나의 완벽한 파멸, 그게 최종 목적일까? 왜? 내가 행복을 뺏어 갔다고 믿어서? 내 고통이 남편을 괴롭게 하니까? 도대체 왜!

"만약 그게 아니라면……."

민은 남편의 선한 얼굴을 떠올렸다. 자신을 위해 빨래를 널고 집안일을 돕는 남자, 감기에 걸리면 죽을 끓여주고 발을 씻겨주는 남자, 폭풍우 앞에서 손을 잡아준 남자. 어쩌면 남편도 가면을 쓰고 있던 건 아닐까. 무대에 숨어 있는 구로코처럼, 있는 듯 없는 듯 인물들의 주변에 배경으로 서서 무대를 만들고 사건을 세팅한 건 아닐까. 본래 인간의 얼굴엔 악도 선도 드러나지 않는 법이니까. 악은 선

을 즐긴다. 그것이 악의 매력이다. 불행한 상상이지만 옛
여자가 남편을 겁박한 게 아니라면, 본래부터 남편 스스로
그것을 이용하여 한 가정의 짧은 행복을 탕진해온 거라면.

아하스 페르츠

"어머님께 아이 좀 다시 부탁하면 안 될까?"

"응, 얼마나?"

"유치원 졸업할 때까지만이라도……."

그날 저녁, 상을 물리고 나서 민은 남편에게 맥주 한잔하
자고 청했다. 남편이 오기 전에 미리 맥주를 사다 놓고 간단
히 안주도 장만해놓았다. 민의 태도가 여느 때보다 진지했
으므로 남편은 보고 있던 영화를 끄고 식탁에 마주 앉았다.

"갑자기 왜?"

남편은 긍정의 답도 부정의 답도 하지 않았다.

"솔직히 말할게. 저 아이를 보면 자꾸 엄마 생각이 나서
그래. 아이가 엄마를 어떻게 했다는 게 아니라, 어쨌거나

아이가……."

"제발……."

남편이 민의 말을 끊었다.

"당신 마음 모르는 거 아니야. 또 장모님 그렇게 된 거 정말 유감이고. 그렇다고 동수를 탓하는 건 옳지 않아. 아직 여섯 살밖에 안 된 애야. 아이가 알면 뭘 알겠어. 그냥 한창 말 안 듣고 떼 부릴 나이라고."

민은 맥주를 숨도 쉬지 않고 들이켰다.

"난 당신이 아이 편드는 이유를 모르겠어. 늘 그랬잖아, 당신이란 사람."

민은 갑자기 서러워졌다. 어떠한 감정 표현도 하지 않겠다고 몇 번이나 마음속으로 다짐했는데 남편과 마주 앉고 보니 욱하고 치밀어 오르는 게 있었다. 생각 같아서는 당장 소리라도 지르고 싶었다. 그 여자와 낳은 새끼를 왜 집 안에 들였느냐고. 네 엄마가 자꾸 아들 아들 하니까 이때다 싶어 저 아일 들인 게 아니냐고. 언젠가 탄로가 날 거란 걸 생각하지 못했냐고. 내일 당장이라도 아이의 유전자 검사를 해보면 모든 게 백일하에 드러날 일인데, 언제까지 태연하게 앉아 나를 속일 생각이냐고.

"여보, 진짜 마지막으로 한 번만 더 말할게. 당신이 불편하다면 어머니에게 내일 당장이라도 맡길 수 있어. 하지만 저 아이 잘못은 없어. 동수 입장에서 생각해봐. 제 부모가 멀쩡히 살아 있는데 떨어져서 지내야 하는 게 납득이 가겠어?"

"그렇겠지. 멀쩡한 제 부모를 두고……."

민은 거친 시멘트에 얼굴을 비비는 심정으로 남편의 민낯을 살폈다. 어리석은 인간은 절대로 모른다. 위선자로 살아가는 하루가 더 고통스럽다는 사실을. 선한 일을 하든 악한 일을 하든 그들의 하루는 지극히 개인적인 인과 속에서 평가받는다. 개인의 역사가 모여 한 가족의 역사를 만들고 한 집단의 선악을 결정하기도 한다. 또한 그들이 속한 소집단은 한 개인의 역사에서 때론 방조자가 되기도 하고 때론 공모자가 되기도 한다. 남편도 마찬가지였다. 설령 여자의 조종을 받고 있다고 해도, 그녀의 집요한 요구에 못 이겨 어쩔 수 없이 사건의 중심이 되었다고 해도, 그의 미래는 자신의 행위로 심판받을 것이다. 심문관이 반드시 신이나 재판관일 필요는 없다. 누구든 심문관이 되어 단죄할 수 있어야 한다. 그날은 오늘일 수도 있고 아니면 내일일 수도…….

"그러니 당신이 조금 참아볼 순 없겠어?"

민은 더 이상 대화가 어렵다고 판단했다. 남편은 무엇에 미혹되어 있을까. 끝없이 변명을 해대며 사악한 짓을 저

지르는 메피스토일까. 아하스 페르츠를 연구한 노교수의 저작에 의하면 남편은 자신이 피해자라고 생각하고 있음이 분명하다. 자신을 중심으로 돌아가는 세계에 발을 딛고 선 이상, 그의 눈에 자신의 에고를 위협하는 외부의 세력들은 그 의도가 어떻든 간에 자신을 위협하는 존재들이며, 그 위협으로부터 자신을 방어하는 행위는 정당한 선이 되는 것이다. 그것은 동물만의 본능이 아니라 인간의 것이기도 하다. 인간의 것이 아니라 인간을 넘어서서 근본적으로 이 세계를 이루는 추악한 질서 가운데 하나다. 종교를 가진 위선자들의 말을 빌리자면 그것 또한 신의 뜻이다.

"당신 말도 맞아. 하지만 제발 부탁할게."

민은 간절하게 말했다.

"……."

"난 말이지. 저 아이만 보면 숨을 쉴 수가 없어. 자꾸 그 장면이 생각난다고! 아이 보내고 전처럼 우리 둘이 지내자. 당분간만이라도."

남편은 고개를 저으며 자리에서 일어났다.

"당신이란 사람 정말 이기적이네."

남편은 베란다로 나가 담배를 피웠다. 그 모습이 낯설었다. 결혼과 동시에 담배를 끊은 남편이 언제부터 다시 담배를 피우기 시작했는지는 모른다. 그 여자의 집에 드나들게 되면서부터일 수도 있다. 한편으론 남편이 불쌍해 보였다. 메모에 적힌 대로 스스로 판 함정에 빠져 허우적거리고 있겠지. 이러지도 저러지도 못하고 있는 현실이 얼마나 괴로울까. 그러나 민은 곧 주먹을 꽉 쥐며 중얼거렸다. 너는 명백히 잘못된 선택을 한 거야. 곧 첫값을 치를 거고.

"여보, 난 당신이 뭐라고 해도 의심이 가시지 않아. 은수가 죽은 게 우연이라고 생각해? 무지의 눈은? 엄마는? 누군가 숨어서 우리를 엿보며 주변을 맴돈다는 생각을 해본 적 없어? 어쩌면 저 아이도 그 여자의 각본이라고!"

말을 하며 민은 남편의 표정 변화를 유심히 살폈다. 도대체 한 인간이 얼마나 악해지면 저렇게 태연하게 연극을 할 수 있을까. 민은 박수라도 쳐주고 싶었다. 대학 시절에 본 〈햄릿〉이 생각났다. 이를테면 햄릿의 숙부인 클로디우스가 독이 묻은 칼에 찔려 죽게 되는 건 결코 우연이 아니다. 머저리들은 신에게 항변하겠지만 이건 신과 관련이 없는 일이다. 명백하게 인간의 문제일 뿐이다. 남편은 본래부터 선하지도 악하지도 않은 사람이었다. 하지만 환경이 그를 변화시켰겠지. 절대적으로 선하지 않았지만 악하지도 않았던 한 인간이 이제 들추기만 해도 추악한 검은 물을 뚝뚝 흘릴 지경에까지 이른 것이다. 제 앞에 닥칠 비극도 인지하지 못한 채.

"여…… 여자? 무슨 여자?"

남편은 어이가 없는지 피식 웃기까지 했다.

"꼭 여자란 건 아니야. 누군가 우릴 해코지하고 있다고."

"갈수록 가관이네. 당신 대체 왜 그래? 진짜 미친 거야?"

남편의 말이 선을 넘었다. 작정하고 나를 자극하고 있었다. 남편의 얕은 속내가 들여다보였다. 다음 계획은 뭐지? 나를 정신병자로 모는 걸까? 텔레비전 시사프로그램에서 방영한 어느 가족의 이야기가 떠올랐다. 아버지의 재산을 빼앗기 위해 자식들이 짜고 아버지를 정신병원에 넣은 이야기. 직계가족 두 명만 사인해도 병원에 강제 입원이 된다지. 남편도 그럴 생각일 것이다. 내가 정신병원에 갇히면 그 여자가 당당히 이 집으로 들어올 테고, 동수는 진짜 부모와 살게 되겠지.

"하하, 우습다. 정말 우스워."

실성한 듯 웃음이 터진 민이 또다시 말했다.

"여보, 재밌지 않아? 영화 따위를 뭐 하러 봐. 여기 훨씬 재미있는 드라마가 있잖아. 반전은 뭘까? 복선도 있나? 감독은 누구고?"

남편이 괴로운 듯 제 잔에 맥주를 따랐다. 누가 봐도 어색하기 짝이 없는 몸짓이었다. 민은 소리라도 지르며 묻고 싶었다. 왜 애초부터 그 여자를 택하지 않았느냐고. 남편은 의도적으로 나를 미행한 게 틀림없다. 식당에서, 강의실에서, 계단에서, 엘리베이터에서 민을 눈여겨보았을 것이다. 그러다가 폭풍이 휘몰아치는 날 추악한 의도를 숨긴 채 은밀하게 다가왔겠지. 살다 보면 누구든 악마가 될 수 있다. 환경은 언제든 본성을 위협하니까. 나쁜 기운은 인간 세상에 빈틈만 벌어지면 주저 없이 나타나 온갖 권모술수로 인간을 현혹한다. 겨우 우산 때문에 한 인간에게 빠져들었던 지난날처럼.

"다, 당신 정말로 미쳤어! 치료가 필요해."

민은 들고 있던 맥주잔을 끼얹을 듯 쳐들었다.

"그래, 미쳤다. 어쩔 건데? 내가 미친 건지, 네가 가면을 쓴 건지는 차차 알아보면 되겠지. 지금이라도 늦지 않았어. 진실을 말하면 당신을 용서할 수도 있어. 여전히 마음 한구석 당신에 대한 신뢰가 남아 있으니까. 부탁이야, 여보. 사악한 아하스가 되지 말고 지혜로운 아하스가 돼줘. 같이 힘을 합쳐서 이 문제를 해결해보자고."

"무, 문제라니?"

남편의 얼굴에 극심한 공포가 서리는 걸 민은 놓치지 않았다. 악이 만들어낸 선의 위장술. 남편은 무엇에 단단히 씐 것이다. 이번에도 보이지 않는 존재는 가면 뒤에 숨어서 의미심장한 미소를 지었다. 늘 그래왔으니까. 그것은 감언이설과 달콤함으로 무장돼 있다. 한 인간의 영혼을 녹이는 입술과 부드러운 손길과 향기 나는 머리카락으로 접근해온다. 남편도 어쩔 수 없는 인간이어서 무릎을 꿇고 말았을 것이다. 싸구려 욕망이 마음속 근원의 선함을 넘어선 것이다. 절대로 지고 싶지 않았다. 폭풍우 치던 날, 바람에 날아가던 우산으로 시작된 이 길고 섬뜩한 연극을 끝내고 싶었다. 그리고 무대 뒤에 선 자들의 진짜 민낯을 보고 싶었다.

"정말 몰라서 그래?"

"몰라."

"개자식!"

민은 벌떡 일어나 남편의 뺨을 후려쳤다. 남편은 피하지 않았다. 눈두덩만 남은 해골 같은 몰골로 세상에서 가장 불쌍한 사내의 표정을 지어 보였다. 민이 보기엔 그 표정조차 연극에 불과했다.

"당신은 정말 치료가 필요해. 바쁘다는 핑계로 너무 방치했어."

남편이 고개를 과장되게 저었다.

"치료가 필요한 건 너야!"

격분한 민은 남편을 힘껏 밀쳤다. 그 바람에 두 사람은 함께 바닥으로 넘어졌다. 민이 남편을 깔고 앉은 형태가 되고 말았다. 남편은 어이가 없는지 눌린 상태에서도 헛웃음을 흘렸다. 민의 손찌검 따위는 얼마든지 견딜 수 있다는 듯이.

"말해, 말을 하라고! 모든 진실을!"

민은 악다구니를 퍼부으며 남편을 몰아쳤다. 그동안 쌓였던 울분이 술기운과 함께 일시에 폭발한 것이다. 가까스로 힘을 내고 있었지만 사실상 정신을 놓아버리기 직전이었다. 남편은 저항하지 않았다. 다만 안타까운 표정을 한 채 민이 흔드는 대로 이리저리 흔들렸다. 형광등 불빛 아래 물기 같은 것이 비쳤다. 남편의 눈가에 눈물이 배어 나왔다. 민은 남편의 눈물을 보자 더욱 흥분했다. 도대체 저 가증스러운 표정은 어디에서 온 걸까. 지난날 자신의 행위에 도취되어 흘리는 나르시시스트적 눈물이겠지. 그렇다. 때론 악한도 괴로움을 알고 눈물을 흘릴 줄 안다. 죄책감 때문이 아니라 자신의 목표가 공고하지 않게 된 데 대하여. 목표가 사라져감에 대한 허망함이 악어의 눈물을 흘리게 하고 있는 것이다. 절대 악은 스스로 뉘우치는 법이 없으니까.

"이제 그만하지."

남편이 냉정하게 말했다. 목소리가 차가웠다. 아니다. 그 차가움은 남편에게서 나오는 게 아니었다. 어쩌면 방금, 그만하라던 목소리조차 무대 뒤에 서 있는 또 다른 조력자 혹은 지휘자의 음성일 것이다. 이제 그만하라고! 남편이 다시 말했다. 아니, 목소리가 다시 말했다. 민은 몸이 굳어지는 것을 느꼈다. 거부할 수 없는 목소리였다. 누구일까. 저 목소리의 진짜 실체는. 민이 뒤돌아보았을 때 거기, 평소 가지고 놀던 플라스틱 검을 치켜든 동수가 우뚝 서 있었다. 섬뜩했다. 저 아이는 언제부터 내 등 뒤에 서 있었을까. 민은 몸을 떨며 자리에서 일어났다. 제 어머니처럼 이 자리에서 힘없이 죽는 한이 있어도 절대로 이 싸움에서 지고 싶지 않았다. 이것은 단순히 선함과 악함의 대결이 아니었다. 진실과 거짓의 대결도 아니었다. 다만 본능이었다.

"너, 지, 지금 뭐라고 했니?"

아이는 무표정한 얼굴로 계속 민을 쳐다보았다.

"엄마가 뭐라고 했냐고 물었잖아!"

민은 아이를 밀쳐 넘어뜨렸다. 남편은 필사적으로 민의 어깨를 붙잡았다. 민은 남편의 손길을 뿌리치며 아이의 목을 향해 두 손을 뻗었다. 잘못 본 것일까. 새파랗게 질린 아이의 눈이 마름모꼴로 변해갔다. 아이가 입을 열고 가르릉거렸다. 핏기가 사라진 얼굴이 점점 검게 타들어갔다. 그 순간 민은 똑똑히 보았다. 밑에 깔린 존재는 동수가 아니었다. 그건 언젠가 민을 할퀴고 사라진 까망이였다. 죽어, 죽으라고! 민은 온 힘을 다해 고양이의 목을 졸랐다. 그때, 무거운 손길이 민을 겨드랑이로부터 들어 올려 방바닥으로 내동댕이쳤다. 민은 분에 못 이긴 얼굴로 뒤를 돌아보았다. 남편이 숨을 거칠게 몰아쉬며 민을 내려다보고 있었다. 남편의 입에서 최후통첩 같은 말이 흘러나왔다.

"당장 아이에게서 떨어져. 안 그러면 당신을 죽일지도 몰라."

아아, 이것이었나. 남편이 최후에 하고 싶었던 말이. 민은 오히려 속이 후련했다. 입가에 미소를 지으며 남편의 얼굴을, 아니 눈동자를, 아니 분노로 씩씩거리는 입을 천천히 주시했다. 저게 진짜 남편의 얼굴이다. 두꺼운 가식의 외피에 쌓여 있던 남편의 본모습이 저기에 있다. 삶에 대한 모든 가증스러운 비밀과 미혹을 간직한 한 남자의 진짜 얼굴. 어깨를 들썩거리며 애써 감정을 참고 있는 얼굴, 적당한 땀 냄새와 적당한 웃음, 적당한 걸음걸이와 적당한 삶의 태도를 유지해왔던 한 남자가 내 앞에서 몰락하고 있었다.

민은 숨을 크게 들이마셨다. 아까부터 집 안에서 썩는 냄새가 풍겼다. 안방에 남편의 시체가 이불을 덮고 누워 있었다. 민은 이불을 젖히고 남편의 얼굴을 내려다보았다. 병에 걸린 것 같은 얼굴은 이미 그의 것이 아니었다. 콧구멍에서 진물이 흘러내리고 있었다. 악마에게 생명을 빼앗긴 듯한 얼굴이었다. 거실에 서 있는 껍데기는 아무것도 아니었다. 그렇다면 지금 내 앞의 존재는 썩어가는 육신의 마지막 번민일까. 민은 거실로 나와 창문을 열었다. 썩는 냄새가 좀처럼 가시지 않았다. 아이 방으로 가보았다. 그곳에도 시체가 놓여 있었다. 아이의 얼굴은 부패가 꽤 진행된 듯 이미 알아볼 수 없었다. 형체 없는 얼굴에 죽은 은수의 얼굴이 겹쳤다. 죽은 자의 얼굴 위에 수의가 놓이고 관이 놓이고 상여 소리가 지나갔다. 죽음이 저희끼리 다투며 반복해서 산 자들을 위협하고 있었다. 타다닥, 날갯짓 소리. 민은 눈을 크게 떴다. 나비 떼였다. 송장나비가 날갯짓하고 있었다. 민은 눈을 가리며 무릎을 꿇었다. 수천수만 마리의 흰나비들이 군무를 추듯 민을 중심으로 소용돌이쳤다.

벽 안의 대화

　민이 정신병원에 입원한 건 10월 하순이었다. 병원에 넣을 증거를 만들기 위해서였는지 남편은 경찰을 불렀고, 아내가 동수와 자신의 목을 졸랐다며 진단서까지 발급받았다. 엄마에게 맞았다는 아이의 증언도 참고되었다. 민은 순순히 수긍했다. 만약 거부했다면 남편은 아버지를 설득해서라도 민을 병원에 넣었을 테니까. 말이 보호 입원이었지 사실상 강제 입원이었다. 하지만 민은 남편 의사에 따랐다. 치료가 필요하다는 걸 누구보다 잘 알았기 때문이다. 다만 남편의 생각과 민의 생각은 달랐다. 민은 우선 남편의 뜻대로 병원에서 치료받으며, 내면에서 불쑥불쑥 올라오는 화를 다스리고 싶었다. 제멋대로 날뛰는 화가 민의 감정을 자꾸만 흐트러뜨렸기 때문이다. 감정을 통제하지 못하면 이 길고 지루한 싸움에서 패배하고 말리란 건 명백한 사실이었다.

"좀 어때?"

남편은 진심으로 걱정스러운 표정을 지었다.

"괜찮아."

민은 최대한 차분하게 대답했다.

"다 잊고 한 달만 쉬어. 의사 말이 큰 문제는 아니라고 하네."

민은 짐짓 남편의 눈치를 살폈다.

"당신, 아직 화났어?"

"화는 무슨. 푹 쉬고 빨리 나아서 돌아오길 바라지."

"지금도 괜찮은데……."

"이건 당신을 위한 거야."

남편은 단호했다.

"애는 어쩔 건데?"

"당신 소원대로 어머님께 보냈어."

남편은 복잡 미묘한 얼굴로 병실을 나갔다.

드라마에서 보는 것처럼 난동을 부려 사지가 묶인 채 승합차에 태워져 끌려온 것은 아니었다. 민은 남편의 차를 타고 병원으로 이동했다. 난동을 부린다고 해서 믿어줄 사람이 없다는 걸 잘 알고 있었기 때문이다. 남편과 합의한 시간은 한 달이었다. 한 달이라면 반격을 하기에 충분한 시간이었다. 병동은 깨끗했고 의사들도 친절했다. 가족과 합의만 되면 언제든 퇴원하여 돌아갈 수 있었다. 단, 처방은 반드시 지켜야 했다. 간호사가 보는 앞에서 약을 삼켜야 했기에, 민은 약 봉투를 털어 넣은 뒤 알약을 혀 밑에 숨겼다가 몇 분쯤 지나 CCTV가 없는 곳에서 손바닥에 뱉어냈다.

이틀 후 주치의와의 면담이 있었다. 오십대 중반쯤 된, 살이 토실토실 오른 민머리 사내였다. 환자를 대하는 태도는 한껏 인자해 보였고 진심으로 민을 걱정하고 있다는 신뢰를 주었다. 적어도 민이 보기에는 그랬다. 그는 이것저것 묻는 대신에 하고 싶은 말은 무엇이든 하라며 민에게 공을 넘겼다. 주치의 방은 4층에 있었다. 그곳까지 길게 뻗은 플라타너스 가지들이 넓적한 잎을 흔들며 창밖에서 민을 쳐다보고 있었다. 그걸 보고 있자 문득 고3 여름방학이 생각났다. 3층 창가에 앉아 수능 특강을 듣던 어느 날, 바로 옆자리에 앉아 수학 문제를 풀던 친구가 갑자기 민을 향해 히죽 웃어 보였다. 민이 왜 그러냐고 물으려는 순간, 벌떡 일어난 친구가 창문으로 달려가 뛰어내렸다.

다행히 친구는 죽지 않았다. 하지만 두 다리가 부러지

고 갈비뼈를 다쳐 그 뒤 1년 가까이 병원 신세를 져야 했다는 소식을 들었다. 몇 년이 지나도 민은 그 상황이 잘 이해가 되지 않았다. 그날 친구가 왜 웃었는지, 그 웃음이 누구를 향한 웃음이었는지, 민은 혼란스러웠다. 왜 그랬냐고, 친구를 만나면 묻고 싶었는데 막상 면회를 가자 목소리가 나오지 않았다. 정말로 이상한 경험이었다. 마치 어떤 거대한 힘이 민을 짓누르고 있는 것 같았다. 수능을 얼마 안 남기고 무겁게 흐르던 공기, 그 무거움을 순식간에 허물어버린 친구의 예상치 못한 충동적인 행동, 그 기억을 품은 채 계속되던 고3이라는 지리멸렬한 시간. 그해 여름이 어떻게 지나갔는지 모른다. 이듬해 봄, 대학생이 되었을 때까지도 민은 친구가 무슨 이유 때문에 그런 일을 벌였는지 이해할 수 없었다.

지금의 상황도 별반 다르지 않았다. 진실을 물을 곳은 어디에도 없었다. 오로지 결과와 벌어진 사건만이 그녀가 처한 상태를 가늠하는 잣대였다. 진실은 물속 깊이 가라앉아 있었다. 모든 게 민의 착각일 수도 있었다. 아니, 그렇다고 치자. 무지가 다친 것과 엄마가 죽었다는 사실까지 거짓일 수는 없었다. 그들의 불행에 개입된 보이지 않는 존재를 민은 분명히 느끼고 있다. 하지만 세상은 그런 자신에게 치료를 권하고 있다. 제 손으로 입양한 아이의 목을 조른 정신

나간 여자. 하루 종일 셔츠가 땀에 절도록 열심히 일하는 남편을 의심하는 여자. 그것도 모자라 아이를 시댁에 떠맡기고 아무 일도 없었다는 듯 미소를 짓는 여자.

"왜 웃으세요?"

의사가 물었다.

"이 상황이 너무 어이가 없어서요."

민은 이 남자라면 진실을 얘기해도 믿어줄 것 같았다. 설령 믿어주지 않는다고 해도 훗날 어떤 결과가 벌어졌을 때 최소한 증인은 되어줄 것이었다.

"하민 씨가 여기 온 지도 벌써 3일째죠? 뭐든 애길 해봐요. 하민 씨는 다른 환자들하고 다르다는 느낌을 줄곧 받아왔어요."

진심일까. 아니면 환자들에게 으레 하는 말일까.

"우선 차나 한잔하시죠."

의사가 손을 뻗어 책상 한쪽에 놓인 전기포트를 작동시켰다. 30초도 안 돼 물 끓는 소리가 들렸다. 의사는 책상 서랍을 열어 일회용 둥글레차 티백 두 개를 꺼낸 뒤 종이컵에 물을 따랐다. 그리고 그중 한 개를 묻지도 않고 민 앞으로 내밀었다.

"어떤 부분이 다르다고 느껴지죠?"

"가슴에 감춘 게 있어요."

177

"그걸 어떻게 알죠?"

"이곳에 온 사람들은 보통 두 가지 부류로 나뉩니다. 자신이 왜 이곳에 왔는지 모르는 사람과 자신이 왜 이곳에 왔는지 아는 사람."

"저는 어느 쪽인가요?"

"다 아닙니다. 그래서 다른 느낌을 받았나 봅니다. 하민 씨는 자신이 이곳에 올 사람이 아니라고 생각하고 있어요. 하지만 왜 이곳에 왔는지 너무도 잘 알고 있죠. 다들 끌려오다시피 오는데 하민 씨는 스스로 걸어 들어왔을 테니까요."

"무얼 보고 그렇게 생각하세요."

"별거 아닙니다. 그냥 사소한 관찰이죠. 남편분하고 처음 이곳에 왔을 때 남편보다 앞장서서 로비로 들어서더군요. 제가 마침 일을 보느라 로비에 있어서 그 장면이 특히 기억에 남았습니다. 수속도 직접 하시고 결제도 직접 했지요. 마치 요양을 하러 오신 분처럼."

"맞아요. 거의 그런 셈이죠. 그럼 선생님을 믿고 얘길 해보겠습니다. 대단한 도움을 요구하는 게 아닙니다. 그냥 제 얘길 들어주시면 됩니다. 사실 저도 제가 알고 있는 것들이 전부 진실인지 아닌지, 헷갈릴 때가 있거든요."

"그러니까 온전히 자신의 주장을 신뢰하는 건 아니군요?"

"네……."

"어느 쪽이든 하민 씨가 아는 내용을 다 말해보세요."

민은 주치의가 내어준 둥굴레차를 한 모금 마셨다. 사실
방금 뱉은 말이 진심인지 아닌지 확신할 수 없었다. 무지
가 눈을 다친 것도, 엄마가 죽은 것도 진실이었다. 만약 차
계부의 내용이 사실이라면, 그 모든 일의 이면에는 보이지
않는 힘들이 작용해온 게 분명하다. 하지만 차계부의 내용
을 백 퍼센트 신뢰할 수 있을까. 거기에 쓰인 문장은 모호
했다. 어느 것 하나 사실적인 기록이라고 볼 수 있는 내용
이 아니었다. 만약 형사사건의 증거로 채택이 된다 해도
판결에 결정적인 영향을 끼칠지는 미지수였다. 까망이에
관한 기억이나, 정체불명의 모자도 마찬가지였다. 남편의
주장대로 그것들은 망상 속에서 재가공된 것일 수도 있었
다. 거기까지 정리를 마친 뒤 민은 침착하게, 되도록 사실
대로 설명했다.

"결혼 전부터 남편에게 여자가 있었던 것 같아요. 어느
날 우연히 남편이 차계부에 써놓은 메모 같은 걸 보고 확
신하게 되었죠. 남편은 그녀로 인해 두려움을 느끼고 있었
어요. 협박을 받았는지도 모르죠. 그 여자와는 결혼과 동
시에 연락을 끊었던 것 같아요. 그런데 여자가 다시 연락
해 둘이 몰래 만남을 이어온 거죠. 메모의 내용을 보고 추

측하건대 그러다가 두 사람 사이에 아이가 생겼어요. 그 전에 저 역시 아이를 낳았는데 세 살 때 죽었습니다. 집 근처 약수터에서였죠. 간이 화장실에 들어갔다가 나와 보니 목이 꺾여 죽어 있었습니다. 주변엔 아무도 없었고 아이가 혼자 유모차에서 떨어진 걸로 결론이 났죠. 선생님, 이게 말이 되나요? 아이가 혼자 유모차 밖으로 나오다가 목이 부러져 죽다뇨?"

의사는 아무런 대꾸도 하지 않고 듣기만 했다.

"남편은 믿지 않았지만 저는 그 짧은 순간 누군가 왔다 갔다고 생각합니다. 검은 모자를 쓴 정체불명의 존재가 그 즈음 집 주변에서 자주 목격되었거든요. 여자인지 남자인지 특정할 수 없지만 아주 섬뜩한 기분이 드는 존재였습니다."

"왜 그렇게 느끼죠?"

"글쎄요, 누군가에게 관찰되고 있다는 생각이 들면 저도 모르게 검은 모자를 쓴 존재를 떠올리곤 했어요. 실제로 집 밖에서 우리 집을 올려다보는 그 존재를 본 적도 있고요."

"검은 모자라…… 혹시 이런 건가요?"

의사가 서랍을 열고 등산용 모자를 꺼내 머리에 썼다.

"아뇨, 조금 비슷하긴 한데……."

"그럼 지금은?"

의사가 벽으로 손을 뻗어 형광등 스위치를 껐다. 상담실이 어두워졌다.

"그 존재를 확신하십니까?"

희미한 어둠 속에서 의사가 진지하게 물었다.

"글쎄요. 실재한 적은 있지만 그것이 저를 관찰하는 존재였다고는 확신할 수 없습니다. 수많은 이웃들 가운데 하나를 오해했을 수도 있고요……."

민은 머뭇거리며 말을 멈췄다. 의사가 진심으로 자신의 말을 듣고 있는지 궁금했다.

"괜찮아요. 다 말씀해보세요. 끝까지 들어드릴 테니까. 속에 쌓인 거, 말하고 싶은 거 망설이지 말고 다 말하세요. 저는 언제든 들어줄 준비가 돼 있습니다."

"선생님은 제 말을 믿으시나요?"

"물론이죠. 이번엔 제가 질문을 해보죠. 아이가 죽고 나서 어떤 일들이 있었나요?"

"아이가 죽자 저는 정관수술을 원했고 남편도 들어주었습니다. 그러다가 어느 크리스마스이브에 길에 버려져 있던 사내아이를 입양하게 됐어요. 정말 크리스마스의 행운 같은, 아니 영화 같은 이야기지만 따지고 보면 기이할 정도로 우연의 연속이었죠. 남편과 시어머니가 아이에게 정을 주면 줄수록 저는 그 아이에게서 마음이 멀어졌습니다.

아이는 조용했지만 엉뚱했고 기이한 면이 있었습니다. 까망이라는 작고 검은 고양이 한 마리하고만 친하게 지냈죠. 저를 엄마로 인정하지 않는 듯한 태도였습니다. 그러다가 기르던 강아지가 눈알이 뽑히는 사건이 벌어졌는데 그 현장에 있던 것이 아이와 고양이였습니다. 남편은 아니라고 했지만 저는 아이와 고양이 짓이라고 생각합니다. 그 일로 꺼림칙해진 저는 고양이를 내쫓았습니다. 믿지 못하시겠지만 그때 고양이가 제 목을 할퀴고 사라졌습니다. 처음엔 눈을 노렸지만 다행히 화를 면했지요. 하지만 녀석은 떠난 게 아니었습니다. 제가 없을 때마다 아이의 방으로 들어가 함께 시간을 보내곤 했지요. 그러다가 우리 부부가 집을 비운 어느 날, 저의 어머니가 아이를 봐주러 왔다가 불이나서 돌아가시고 말았습니다. 아이가 장난을 치다가 낸 불이었지요. 그 일로 저는 아이를 용서할 수 없게 되었고, 아이를 시부모에게 보내자고 남편을 졸랐습니다. 진심은 아니었지만 너무 화가 나서 아이를 거칠게 대하기도 했고요. 그 부분은 경찰의 소견서에도 나와 있을 겁니다. 그게 다예요……."

말을 하는 도중 목이 메어 몇 번이나 차로 목을 축였다. 상담실 안이 어두워 표정을 숨길 수 있는 것이 다행이었다.

"그 전에 어떤 징조나 전조는 없었습니까?"

"아, 맞다!"

민은 비로소 기억이 났다는 듯 손뼉을 쳤다.

"언젠가 버스 정류장에서 남편이 낯선 여자와 말하는 걸 본 적이 있어요."

"뭐라던가요?"

"모르는 여자라더군요. 도를 아냐며 접근한."

"그 여자가 그 익명의 존재일 수도 있겠군요? 남편과 같이 있다가 그 장면을 들키자 둘이 허겁지겁 모르는 것처럼 꾸민……."

"맞아요."

"확신합니까?"

"꼭 그런 건 아녜요."

"그러니까 어떤 건 사실일 수도 있고 어떤 건 착각일 수도 있고 어떤 건 알 수 없는 부분이기도 하겠군요."

"그렇습니다……."

"저는 부부 사이의 일에 관여할 생각은 없습니다. 제 환자에게 조금이라도 도움이 되는 일을 하고 싶을 뿐이죠. 한 가지 걸리는 게 있는데 차계부에 적혀 있었던 건 그게 답니까? 정확히 어떤 내용인지는 알 수 없지만 지금으로선 가장 신뢰할 만한 참고서가 되겠군요."

민은 잠깐 멈칫했다. 경찰 조사를 받는다, 입원을 한다,

정신없이 시간이 흘러가는 통에 미처 챙기지 못했지만 의사의 말이 맞았다. 차계부의 내용을 확인해본다면 보다 확실한 단서를 잡을 수 있지 않을까. 한 달 후 무얼 어떻게 해야 할지는 차계부의 내용을 다 읽고 나서 결정해도 될 일이었다. 하지만 한 가지 문제가 있었다. 남편이 눈치채지 못하게 내용을 확인하기가 쉽지 않았다. 차계부가 없어진 걸 알면 즉시 거기에 대처할 방법을 찾을 것이다. 남편이 결코 눈치채지 못하게 그걸 복사한 뒤에 다시 제자리로 돌려놓아야 했다. 차계부에 적힌 내용이 다 사실이라면 병원에 입원해야 할 사람은 민 자신이 아닌 남편일 테니까. 민은 머뭇거리다가 대답했다.

"약속해주세요. 이 사실을 남편이 몰라야 합니다. 당장은 아니지만, 나가게 되면 남편의 글을 살펴볼 생각이에요. 그때 다시 상담하러 올게요."

의사가 고개를 끄덕였다.

"하하, 걱정 마세요. 아무리 남편이라 해도 프라이버시는 지켜드릴게요. 더구나 하민 씨에게는 정말 중요한 문제니까요."

민은 공감해주는 의사가 있어서 힘이 솟는 것 같았다.

"그런데 한 가지 더 묻고 싶은 게 있어요."

의사는 지금까지와는 사뭇 다른 표정과 다른 목소리로

말했다.

"네, 무엇이든지……."

"이건 치료를 위해 중요한 질문인데요. 그날 말입니다. 아이의 목을 조를 때."

의사가 조금 더 가까이 오라고 손짓했다. 민은 의자를 당겨 다가갔다.

"그날, 스스로 감정 통제가 가능했습니까?"

의사가 주변을 둘러보며 목소리를 최대한 낮춰 다시 물었다.

"어느 정도는 이성적이었느냐 이 말입니다. 이를테면 남편이 말리지 않았다고 해도, 어느 선에서 아이를 놓아줄 수 있었는지 아님 정말로 아이를……."

민은 밑바닥에서부터 뜨거운 게 밀고 올라오는 것이 느껴졌다.

"이성도 감성도 아니었죠. 그냥 본능이었습니다."

"만약 하민 씨가 오해를 하고 있는 거라면……."

의사의 얼굴이 기괴하게 일그러지더니 상담실이 밝아졌다.

"그땐 선생님이 포기하지 말고 저를 치료해주세요!"

민은 안간힘을 쓰며 내뱉고는 책상에 얼굴을 묻었다.

토요일 아침 일찍, 아버지가 병원으로 면회를 왔다. 민이 이틀 전 간곡히 부탁했기 때문이다. 머뭇거리며 계단을 올라오는 아버지를 병실에서 내려다보다가 민은 잠깐 울컥했다. 아버지가 마치 난쟁이처럼 작아 보였기 때문이다. 숱이 휑한 머리는 햇빛을 받아 반질반질했고 입고 있는 양복바지에선 먼지가 풀풀 날릴 듯했다. 낡은 구두는 누군가 분리수거함에 버리고 간 것을 먼지도 털지 않고 주워 와 신고 있는 것 같았다. 그는 조심스러워 보였고 주변을 경계했으며 얼굴엔 멀미에 시달린 흔적이 남아 있었다. 민은 안타까웠다. 수백 마리의 염소를 키우며 인생 말년을 유유자적하려다가 어느 날 갑자기 닥친 청천벽력 같은 아내의 죽음 앞에서 아버지는 얼마나 절망했을까.

"네가 자발적으로 걸어 들어온 거라던데 맞냐?"

아버지의 첫마디에는 별로 감정의 동요가 담겨 있지 않았다.

"그럼요, 언제든 원하면 나갈 수 있어요."

일부러 그렇게 인테리어를 한 것인지 유달리 화사한 느낌을 주는 면회실이었다. 벽지는 핑크색 계열이었고 형광등의 촉수는 일반 병실의 1.5배쯤 되는 듯했다. 벽에는 따스한 느낌이 드는 꽃 그림들이 장식되어 있었다. 탁자가 다섯 개나 되었지만 시간이 일러서 그런지 면회객은 아버지밖에 없었다.

"염소는 잘 커요?"

염소 얘기를 하자 아버지의 표정이 밝아졌다.

"그럼. 염소만큼 병에 잘 안 걸리는 짐승이 없단다. 번식력이 좋아서 자꾸 수가 늘어가는 게 좀 부담이긴 하지만."

"건강원에 납품하면 되잖아요. 나쁜 거 먹이지 말고 잘 길러서 팔면……."

"글쎄다. 그새 정이 든 건지…… 팔리면 죽어서 펄펄 끓는 물에 약재랑 섞어 푹 삶아지다가 즙으로 만들어지는데, 그 생각을 하니 도저히 내 손으로 키운 저것들을 못 팔겠더라. 아무래도 돈 벌 팔자가 아닌가 봐."

민은 기가 막혔다. 아버지의 한평생과 절대로 어울리지 않는 대답이었다. 만약 돌아가신 엄마가 그 얘길 듣는다면 너무 어이가 없어 혀를 차며 웃으시겠지. 야, 사람이 변하면 죽는다던데. 아버지 잘 지켜봐라. 아무래도 이상하다. 엄마가 살아 있었다면 십중팔구 그렇게 말했을 것이다. 민은 아버지의 갑작스러운 변화에 걱정이 앞섰다.

"사실 아버지를 부른 건 부탁하고 싶은 게 있어서예요. 아버지가 아니면 누구도 할 수 없는 일이라서. 아버지를 이 일에 끌어들이고 싶지는 않은데……."

민은 아버지가 자신의 말을 믿어주길 바라며 자초지종

을 말했다. 결혼 이후부터 지금까지 자신과 남편에게 있었던 일 그리고 남편의 차에서 발견한 차계부에 이르기까지. 아버지는 잠자코 듣기만 했다. 제 아내를 죽음으로 몰고 간 수상쩍은 화재 사건에 대하여 말할 때도 아버지는 별로 감정의 동요를 일으키지 않았다. 아마도 많은 생각을 하고 있을 것이다. 정신병원에 입원한 딸이 어쩌면 정말로 문제가 생긴 거라고 생각할지도 모른다. 민은 왠지 아버지를 설득하지 못할 것 같다는 두려움을 느꼈다.

"아버지, 그러니까…… 제 말이 전부 사실이라는 건 아니에요. 나도 사람이니까, 슬프고 격한 감정에 동요돼서 헛것을 보기도 했겠죠. 한데 그 맘 알아요? 그래서 확인해보고 싶은 거예요. 그 일기장을요. 여길 나가기 전에, 아니 나가서 내가 무얼 해야 할지 결정하려면 그 일기장이 필요해요. 내가 오해를 하고 있는 게 맞다면 얌전히 가정으로 돌아갈게요. 더는 이런 일로 아버지 걱정 안 하시게……."

민이 보기에 남편의 차에서 차계부를 꺼낸 뒤 메모를 복사하거나 카메라로 찍고 제자리에 돌려놓을 수 있는 사람은 전직 경찰인 아버지가 유일했다. 아버지라면 능히 딸을 위해서 그런 일을 해줄 것이었다.

"애 죽고 네 엄마까지 그렇게 되었으니 네 마음을 이해 못하는 건 아니다만, 내가 어찌 사위의 차를 도둑처럼 따고 들어가 차계부를 들추겠니. 만약 발각이라도 되면······."

예상과 달리 아버지의 반응은 냉담했다. 민은 어린애처럼 서러워졌다.

"아버지, 정말 이러실 거예요? 잘할 수 있는 일이잖아."

민은 원망하듯 뱉었다. 평생 자신이 해온 일이 남의 뒷조사가 아니었을까. 그런데 이제 와서 못 하겠다고 한발 물러서는 태도는 비겁해 보였다.

"아주 간단해. 그 사람 차 알잖아. 차계부만 몰래 빼냈다가 다시 돌려놓으면 절대로 모를 거야. 아버지, 제발!"

아버지는 더는 할 말이 없다는 듯 시계를 보고 일어났다.

"며칠 생각해보자. 지금은 너도 나도 시간이 필요하다."

아버지는 민의 손을 힘없이 잡았다가 놓은 뒤 병실을 나갔다.

우로보로스

병원은 크게 세 개의 영역으로 나뉘어 있었다. 통상 7병
동으로 불리는 개방 병동은 집무실, 접견실 등 병원의 잡다
한 업무 영역들과 같은 건물에 위치해 있었다. 입퇴원이 비
교적 자유로웠고 원하기만 하면 언제든 의사와 상담도 가
능했다. 어떤 물리적 치료를 한다기보다는 가볍게 대화를
하면서 병의 진척 정도를 가늠하는 예비 시설 같은 곳이었
다. 12병동으로 불리는 두 번째 병동은 노숙자나 행려자,
알코올중독자, 외상 후 스트레스 장애 등으로 인한 단기 기
억 상실자들이 주로 머물렀다. 12병동 지하 1층에는 영화
관을 비롯해 미술치료실, 수업을 위한 연극무대 등을 갖추
고 있었다. 가장 안쪽에 있는 22병동은 조현병이나 만성 정

신질환을 앓는 환자들이 수용돼 있다고 했다.

일주일 뒤 민은 다시 주치의를 만났다. 두 번째 상담이었다. 의사와 마주 앉기 전까지 민은 정신없이 일정을 소화해야 했다. 물론 격리병동 환자가 아닌 경증 환자들을 위한 병동이었지만 영화에서 보는 정신병원의 풍경과 이곳의 생활은 많이 달랐다. 마치 대학교의 수강 시간표처럼 아침 9시부터 저녁 6시까지 미술치료와 음악치료, 마음 다스리기 요가, 합창, 그룹별 토론 등 다양한 일정이 빽빽하게 짜여져 있었다. 세상에 존재하는 온갖 종류의 취미 활동이 모두 환자의 정신 건강을 치유하는 목적성을 띤 채 진행되었다.

"그래, 좀 어때요? 있을 만한가요?"

밝은 상담실에서 의사가 물었다. 민은 질문이 어이없어서 픽 실소를 흘렸다.

"네, 그럭저럭요."

"몸 상태는요?"

"뭐, 특별한 거 없어요."

"지루하진 않아요? 집에 가고 싶거나, 남편이 보고 싶거나."

"아뇨. 아무 문제 없어요. 마음도 편하고요."

민은 고개를 강하게 저었다. 민은 입원을 통해 두 가지 목

191

적을 달성할 수 있다고 판단했다. 우선은 남편의 신뢰를 얻는 일이다. 남편은 차계부를 민이 보았다는 걸 꿈에도 모르고 있을 것이다. 민을 병원에 입원시킨 뒤 이번 일의 근원인 그 여자와 대책을 마련하고 있겠지. 민도 나름의 준비가 돼 있었다. 전원을 연결해놓고 나온 홈카메라가 그것이다. 만에 하나 남편이 여자를 집 안으로 들이는 순간 그 장면은 고스란히 민의 핸드폰에 기록될 것이다. 까망이의 출입 장면도 마찬가지였다. 길고 긴 싸움에 종지부를 찍을 수 있는 절호의 단서가 어쩌면 예상보다 빨리 손에 쥐어질 수도 있었다.

두 번째는 확실히 죗값을 치르기 위해서였다. 아니, 그런 시늉을 하고 싶었다. 아이의 목을 조른 행위는 피해 갈 수 없는 잘못이었다. 온전한 정신으로 아이의 목을 조를 부모는 이 세상에 없을 테니까. 그런 측면에서 보자면 남편이 경찰을 부른 건 오히려 잘한 일이었다. 그 덕에 차분하게 쉬면서 반격의 시간을 벌 수 있게 되었다.

마지막 퍼즐이 남아 있다. 남편의 진짜 속마음을 알고 싶었다. 어쩌다가 여자를 다시 만나게 됐는지, 편법을 써서 그 아이를 집으로 들였는지 모든 게 의문투성이였다. 손주를 원하는 시어머니 때문일까. 이 큰 도박을 그가 혼자 결단했을까? 아니면 혹시 시어머니도 협력자일까? 만약 그 일로 사전에 말 맞춤이 있었다면 민은 시어머니를 절대 용서할 생각이 없었다. 혹시 시어머니와 여자가 오래전부터 친분을 맺어온 게 아닐까, 하는 생각도 들었다. 매번 짜증 한번 내지 않고 제 자식처럼 동수를 도맡은 것도 수상쩍었다.

그 여자의 심리도 도저히 이해가 가지 않았다. 아무리 원한이 있다고 해도 이미 결혼한 남자에게 접근하여 가정을 파멸로 몰아넣는 이유가 궁금했다. 자신이 낳은 아이를 동원해가면서까지 말이다. 병원을 나가면 제일 먼저 유전자 검사부터 해야겠다고 생각했다. 유전자 검사 결과를 확인하고 차계부의 메모를 들이대면 남편도 더는 잡아떼지 못하겠지. 그 모든 일은 비공식으로 은밀하게 진행되어야 한다. 억만금을 주어서라도 남편 몰래 동수의 유전자를 채취하여 검사를 완료해야 했다. 결과 통지서를 들이대면 남편은 어떤 표정을 지을까?

"제가 보기에도 하민 씨는 별다른 이상이 없어 보입니다. 다만 감정 조절에 약간의 문제가 있어요. 경과를 조금 더 지켜봐야겠지만, 감정을 지나치게 억압하면 투사나 환각 장애 증상이 나타나기 쉽습니다. 그래서 자기감정 조절을 잘해야 하고, 지어드리는 약도 꾸준히 복용해야 합니다. 제가 그만 드시라고 할 때까지요. 떠오르는 힘든 기억이 있다면 혼자 애쓰지 마시고 저한테 꼭 털어놓으셔야 하고요."

의사는 민의 입장에서 향후 벌어질 일들을 상기시켰다.

"왜 그런 얘길 하시죠? 제가 또 무슨 일을 저지를까 봐서?"

"그런 뜻은 아니고요. 꾸준히 치료를 받으면 곧 좋아질 거란 얘기죠. 제가 오늘은 치료를 위해서 역할을 바꾸어 질문을 해볼 텐데, 한번 대답해보시겠습니까?"

상담실 조명이 흐릿하게 번졌다.

"선생님 보시기엔 제가 많이 이상한가요?"

민이 다시 물었다.

"처음에도 말씀드렸지만 그럴 수도 있고 아닐 수도 있습니다. 겉으로 관찰되는 하민 씨는 지극히 정상입니다. 목을 조르는 일 정도야 화가 나면 누구든 할 수 있는 일이잖아요."

의사가 고개를 갸웃하고 차트에 영어를 휘갈겨 썼다.

"상대 검증이란 게 있습니다. 다른 말로는 교차 검증이라고 하죠. 일종의 역할 바꾸기 놀이라고 생각하시면 됩니다. 할리우드 영화를 보면 그런 장면들이 더러 있잖아요. 의료인은 역할을 바꾸는 환자들을 통해 그들의 심리를 파악할 수 있습니다."

의사의 말이 좀 어렵긴 했지만 민은 그런 장면들을 틀림

없이 본 적이 있었다. 갈등을 겪던 엄마와 아들이 사회자의
지시에 따라 서로 역할을 바꾸어 연기한 뒤, 상대방의 진짜
감정을 알게 되면서 부둥켜안고 우는 장면들 말이다.

"그래서요? 제가 뭘 하면 되나요?"

"하민 씨 마음속에 숨어 있는 인물, 남편의 전 여자로 짐
작되는 묘령의 여자, 검은 모자라고 했던가요? 지금부터
그 여자가 한번 돼봅시다."

의사의 난데없는 제안에 민은 당황했다.

"자, 잠시만요."

민은 눈을 감고 생각을 정리했다. 의사가 그런 민을 기다
려주지 않고 말했다.

"한번 생각해봅시다. 망상장애가 있는 여자에 대해서요.
갑작스럽게 아이를 잃었고, 남편의 외박이 잦아 불안한 여
자입니다."

"저를 말하는 건가요?"

민은 손을 들어 올렸다가 바짓단에 문질렀다. 손에서 땀
이 배어 나왔다.

"아뇨, 그게 아닙니다. 그런 가정하에 역할을 바꾸어 생
각해보자는 거죠. 오해하시면 안 됩니다. 자, 다시 처음으
로 돌아가봅시다."

의사가 두 손가락을 부딪쳐 딱, 소리를 냈다.

"처음으로……."

마치 최면에 걸린 것처럼 민은 갑자기 고분고분해졌다.

"여기 한 여자가 있습니다. 하민 씨가 아닙니다. 그냥 한 여잡니다. 그녀는 출장이 잦은 남편에게 불안감을 느낍니다. 하지만 겉으로 드러내지 못하고 그 마음을 억압당합니다. 남편은 누구보다 성실하고 자상했기에 그런 의심을 하는 것만으로도 죄책감이 들었겠지요. 아이가 생기고부터는 아이를 의지하며 남편에 대한 서운함이 조금씩 반감되어갑니다. 그러던 어느 날 끔찍한 사고가 일어났지요. 누구의 잘못도 아닌 그냥 사고였습니다. 이유를 모르겠지만, 아이가 유모차를 빠져나오다가 넘어져서 목뼈가 부러진 거예요. 유모차에 발이 걸렸거나, 유모차를 밟고 올라서다가 넘어졌거나 뭔가 이유가 있었겠지요. 방금 옆에 있던 엄마가 보이지 않았으니까, 아마도 엄마를 찾고 있었을 겁니다. 화장실에 갔던 엄마도 그 점을 너무나 잘 알고 있었고 자신의 부주의를 용서할 수 없었겠지요."

의사가 다시 손가락으로 딱, 소리를 냈다.

"자신의 실수로 자식을 죽였다는 마음이 그녀를 괴롭힐 때마다 마음속에서 방어기제가 작동합니다. 실수를 대체할 대용물을 만들어내는 거지요. 검은 모자로 상징되는 존재가 그럴 것입니다. 그 정체불명의 존재가 집 주변을 떠

196

돌며 여자와 아이를 관찰하다가 잠깐 엄마가 자리를 비운 틈을 타 아이를 거꾸로 땅에 처박았겠지요. 검은 모자는 실존하지 않습니다. 바로 그 여자 자신이 만들어낸 분신입니다. 망상 속의 이야기는 점점 실체가 되어갑니다. 크리스마스이브에 주운 아이 또한 검은 모자와 남편의 작품이 되는 거죠. 우연히 눈을 찔린 개도, 엄마의 죽음도, 불행이란 불행에는 모조리 그 존재, 아니 그녀 자신이 개입되어 있습니다. 따라서 검은 모자는 바깥의 그녀인 동시에 내면의 자신이기도 합니다."

민은 아니라고 말하고 싶었다.

"그럼 그 여자가 어떻게 해야 하나요?"

"마주쳐야 합니다. 새벽 2시에 문밖에 있던 존재의 얼굴이 자기 자신이란 걸 자각하고 받아들여야 합니다. 뒤쫓던 발소리의 주인이 자기 자신이란 걸 느껴야 합니다. 더 먼 과거로 진행해서, 버스 정류장에서 남편에게 말을 걸었던 존재도 어쩌면 그녀 자신이었겠죠. 그런 일은 실제로 벌어지지 않았습니다. 남편에게 확인을 해보면 간단히 알 수 있는 일이죠."

"만약 남편이 거짓말을 한다면요?"

의사가 고개를 저으며 물었다.

"왜요? 무엇을 위해서 거짓말을 하죠? 그래서 얻는 게 없잖아요?"

"그 여자를 집 안에 들이고 아내를 지우기 위해서요."

탁. 소리 나게 의사가 서류 파일을 덮었다.

"하민 씨의 주장이 사실이라면 충분히 그럴 수 있죠. 다만 현재로선……."

의사가 잠시 생각에 잠겼다가 다시 입을 열었다.

"조금 더 기다려봅시다. 우리에겐 시간이 필요해요."

의사가 며칠 전 면회 왔던 아버지와 같은 소리를 했다.

"오늘 면담은 이걸로 끝인가요?"

"그렇습니다."

흐릿한 조명 때문에 의사의 표정이 잘 보이지 않았다.

"그런데 선생님. 선생님은 오늘 제 반응에서 무얼 보셨어요?"

의사가 조금 텀을 뒀다가 되받았다.

"정말 알고 싶으세요?"

"네……."

"강박 장애가 심합니다. 그것이 망상을 만들어내고요. 자꾸 지우거나 잊으려고 하지 마세요. 현실을 인정해야 해요. 눈을 뜨고 바라보세요. 그게 어떤 것이어도 얼마나 자기를 힘들게 하는 것이어도 눈길을 피하지 마세요. 삶은 제 꼬리를 문 우로보로스처럼 과거와 현재가 맞물려 있는 겁니다.

우로보로스는 사나운 이빨이 꼬리에 박혀 온몸으로 퍼지는
독을 견디면서도 덤불을 향해 기는 걸 멈추지 않잖아요?"

민은 받아들일 수 없었다.

"제 꼬리를 물면 제자리를 빙빙 돌기만 하잖아요. 결국
수풀에 닿을 수 없는 운명이겠죠. 언젠가 치명적인 독이 온
몸으로 퍼져 나락으로 떨어질 것 같아요."

"틀렸습니다."

민은 구원을 바라는 눈으로 의사를 쳐다보았다.

"어째서요?"

"우로보로스는 제 꼬리에 힘껏 이빨을 박아 넣어 허물을
벗겨냅니다. 생살이 찢어지는 아픔을 제 독으로 견디며 낡
은 육체를 벗어버리죠."

방으로 돌아온 뒤, 민은 핸드폰을 들고 밖으로 나왔다.
병원 뒤쪽엔 크지 않은 연못이 있었고 주변엔 벤치가 다섯
개 놓여 있었다. 민은 자주 가서 앉던 두 번째 벤치에 앉았
다. 오후 3시에 단체로 영화를 보는 프로그램이 마련돼 있
었는데 오늘 영화는 〈쇼생크 탈출〉이었다. 영화를 보기까
지는 아직 30분쯤 여유가 있어서 민은 핸드폰 전원을 켜고
오가는 환자들을 무료하게 바라보았다. 경증 환자 병동은
맨 앞에 있었고 물건의 반입도 비교적 자유로웠다. 마치

다리를 다쳐 병원에 입원해 있는 것처럼.

민은 유튜브에 접속하여 모처럼 노래를 들었다. 공무원 준비할 때 즐겨 듣던 〈Speak To Me〉였다. 오랜만에 듣는 노래는 전혀 민의 취향이 아니었다. 민은 〈On The Run〉을 검색하여 한 소절 듣다가 유튜브를 닫아버렸다. 연못 수면 위에 잠자리 하나가 날개를 펼친 채 앉아 있었다. 소금쟁이라도 잡아먹는지 날개를 팔락거리며 균형을 유지하느라 애를 썼다. 연못 주변에는 환자복을 입은 사람들과 그들의 보호자들이 침묵하거나 대화를 주고받거나 그도 아니면 손발을 부대끼며 무언의 대화를 나누고 있었다. 하늘은 맑았고 모든 것이 정상처럼 보였다. 정상과 비정상의 경계는 민을 바라보는 타인들의 마음속에만 존재하는 것 같았다. 민은 혼자 나직이 중얼거렸다. 나는 조금도 아프지 않아. 아직은!

아버지에게 전화를 걸어보았다. 신호가 아홉 번이나 갔지만 아버지는 전화를 받지 않았다. 아마도 일을 나간 거겠지. 풀밭 위에 앉아 사람이 아닌 염소를 쫓고 있을 아버지가 그려졌다. 잘 어울리는 그림이었다. 그런 아버지를 따라 함께 염소를 몰고 언덕을 넘어가는 엄마. 누가 그들의 소박한 꿈을 앗아가버렸는가. 풍경에 함부로 끼어들어서 풍경을 찢으며 불태운 자는 누구인가. 그것은 지긋지긋한 운명의 고리인가. 아니면 잘못 끼워진 단추가 셔츠 앞자락을 불규칙하게 만들며 목을 죄어오는 걸까. 풍경 밖에 서서 풍경을 비웃으며 함부로 타인의 운명을 간섭하는 그 존재를 확인하고 싶었다. 그것이 남편이든, 남편의 여자든, 아니면 제삼의 어떤 존재이든지 말이다.

민은 핸드폰 앱을 실행시켰다. 벌써 열흘 가까이 하루 두세 번씩 앱을 확인해보았지만 특별한 건 찍혀 있지 않았다. 마치 하루 일과를 보는 것처럼 남편의 움직임은 한결같았다. 남편은 7시 반경이면 안방 문을 열고 나왔다. 화장실에 들렀다가 곧바로 나와 냉장고에서 물을 꺼내 마셨다. 그다음 다시 안방으로 들어갔다. 보이진 않지만 민은 남편이 무얼 하고 있는지 짐작이 갔다. 남편은 다시 침대에 누워 약 5분가량 날씨와 메신저, 전날의 주요 뉴스를 확인한다. 7시 40분, 방을 나온 남편은 식탁에 앉아 가볍게 아침을 먹고 화장실로 가 샤워를 했다. 남편은 개수대로 그릇을 옮긴 뒤 안방으로 가 옷을 입고 집을 나섰다. 이때 시계는 대부분 8시 15분에서 20분 사이를 오갔다.

출장을 가거나 회식이 없는 날, 남편은 오후 7시 전후 집으로 돌아왔다. 현관에 엉덩이를 내려놓고 앉아 구두를 손으로 벗곤 하는데 그건 남편의 오래된 버릇이다. 남편은 곧장 안방으로 들어가 옷을 벗고 맨몸으로 화장실에 들어가 샤워를 한다. 아무것도 입지 않은 채 거실을 오가며 물을 마시기도 하고 텔레비전을 틀어놓고 뉴스를 흘깃거리기도 한다. 저녁은 주로 밖에서 사 오는 것 같았다. 편의점에서 도시락을 사 오기도 했고 배달부가 초인종을 누르기도 했다. 남편은 식탁에 앉아 저녁을 먹으며 텔레비전을 시청하다가 9시가 되면 안방으로 들어갔다. 방에 들어가서는 핸드폰으로 인터넷을 검색하거나 즐겨찾기 해놓은 채널의 동영상을 볼 것이다. 남편은 최근 들어 전원주택에 관심이 많아서 집을 짓거나 정원 꾸미는 채널을 즐겨 시청하는 눈치였다.

특별한 장면이 찍혀 있기는 했다. 이틀 전이었다. 그날도 남편은 거실 소파에 앉아 텔레비전에 시선을 고정하고 있었다. 무얼 보고 있는지 소리가 끈적끈적했다. 민은 막연하게 성인영화의 정사 장면일 거라고 추측했다. 그런데 화면이 좀 이상했다. 자세히 보니 텔레비전을 보던 남편의 손이 바지 속으로 들어가 있었다. 마치 제 성기를 주무르기라도 하듯 조금씩 손이 움직이는 걸 보다가 민은 앱을 꺼버렸다. 설마 자위라도 하는 걸까? 남편의 낯선 모습에 한동안 머리가 멍했지만 곰곰이 생각해보니 그럴 수도 있을 것 같았다. 부부 관계를 한 지 시간이 꽤 지났고 남편은 아직 팔팔한 나이니까. 하지만 왜? 바깥에 여자를 두었다면 굳이

할 필요가 없는 행동이었다.

그게 다였다. 없다! 민은 핸드폰을 벤치에 내려놓고 손으로 머리를 감쌌다. 의사의 말대로 내가 망상에 빠진 건 아닌지. 그게 아니라면, 남편은 집 안으로 정체불명의 여자를 들여야 한다. 검은 모자와 천으로 온몸을 꽁꽁 두르고 있는 여자, 검은 공간에서 두 눈을 감추고 민의 일상을 낱낱이 지켜보며 파멸로 몬 존재. 원하던 대로 아내를 바깥으로 내보냈으니 그 존재는 더 이상 망설일 이유가 없을 터였다. 당당하게 승리를 선언하며 현관을 열고 들어와 남편과 요리를 해 먹고, 같이 샤워를 하고 알몸이 되어 서로의 몸을 마음껏 탐하며 병원에 격리된 민을 조롱해야 옳았다. 그런데 보이지 않는다!

혹시 남편의 연기에 속고 있는 것은 아닐까. 그가 홈카메라의 존재를 알고 있다면. 그리하여 카메라를 의식하며 어떤 증거도 만들고 있지 않다면. 오히려 비디오에 찍힌 남편의 평범한 하루는 민의 주장을 뒤집는 결정적인 증거가 될 것이다. 너무도 평범한 일상을 소화하는 남편과 그런 일상을 끝없이 의심하는 정신과 치료 병력이 있는 그의 아내. 세상의 동정은 벽돌 기계처럼 성실하게 매일 똑같은 하루를 찍어내는 남편에게 쏠릴 것이다. 그리하여 남편은 오히려 주변의 동정을 사며 떳떳하게 제 아내를 정신병원에 감금하겠지. 그 결과 찾아오게 될 완전한 승리의 순간을 위해!

─퇴근하려면 아직 멀었지? 여긴 너무 답답하고 지루해. 며칠 더 있다가 집으로 돌아갈 생각인데 당신 생각은 어때?

민은 남편에게 메시지를 보냈다. 그의 마음을 떠볼 겸, 문자에 대한 반응 속도를 볼 겸 해서 보낸 문자였다. 5분도 안 돼 남편에게 답장이 왔다.

─그럴 거야. 낯선 환경에 적응하는 게 쉽진 않을 거야. 하지만 조금만 참아보자. 주변에서도 그게 낫다고 하니까. 이건 당신을 위한 거야. 참, 약은 꼬박꼬박 먹고 있는 거지?

남편의 답장 속엔 여러 가지 메시지가 함축되어 있었다. 주변의 의견을 종합해보아도 당신을 위한 일이니 더욱더 참아야 한다는 것, 마지막으로 약에 대한 당부를 통해 성실하게 입원 생활을 하라는 압박까지. 민은 남편이 뻔뻔하다고 생각했다. 메시지의 내용은 모든 책임이 민에게 있는 것처럼 일방적으로 치료를 권하고 있었다. 떨어져 지내는 이 순간, 그는 마음껏 자유를 누리며 별일 없다는 듯이 밥을 먹고 출근을 하고 사람들을 만난다. 걱정이라곤 하나도 없는 사람처럼.

생각해보니 엄마가 죽었을 때도, 무지가 다쳤을 때도 남편의 태도는 한결같았다. 달아나는 우산을 잡아주며 비바람을 몸으로 막아주던, 그런 종류의 자상함을 더 이상 남편에게서 기대할 수는 없었다.

마술사

　점심을 먹은 뒤 7병동 입원자들은 스태프의 안내에 따라 중강당으로 모였다. 대략 120명쯤 되는 인원이었다. 7병동 환자들은 크게 세 개 층으로 구분되어 수용되었는데 2층은 청소년, 3층은 여자, 4층이 남자였다. 학기 중에 입원을 했는지 교과서를 늘 끼고 있는 아이들도 보였고 운동선수인지 규칙적으로 조깅을 하는 근육질의 청년도 보였다. 민은 그들을 볼 때마다 위로를 받았다. 저 많은 사람들이 학교에서, 집에서, 혹은 길을 걷다가, 혹은 그들의 직업과 관련된 활동을 하는 와중에 민처럼 마음의 병을 얻고 이곳에 들어온 것이다. 원인이 어디에 있든지 그런 상처는 표면적으로 드러나 보이지 않았다. 복도에서 만

나는 이웃 병실의 사람들은 가볍게 인사를 건넸고 그사이 친구가 된 몇몇은 수다를 떨며 자식 자랑 혹은 남편 흉을 보기도 했다. 시장에서, 동네 놀이터에서, 친구의 출판사 사무실에서, 식당에서 수없이 보아온 삶의 풍경이었다.

'외부 강사 초청 강연'이라는 이름으로 진행된 이번 프로그램의 강사는 마술사였다. 그는 텔레비전에서 보던 대로 전형적인 마술모자를 쓰고 아래위로 검은 슈트를 입고 강단으로 올라왔다. 마술모자는 둥근 지붕의 각이 높고 챙에는 붉은 리본이 둘려 있었다. 마술사는 왼손은 지팡이를 쥐고 오른손은 허공을 향해 들고 있었다. 그가 무대로 걸어오는 동안 빈 오른손에서 날개 같은 것이 푸드덕거리며 자라나더니 흰 비둘기 한 마리가 남자의 손을 떠나 미리 열어놓은 창문으로 날아갔다. 마술사의 이런 등장은 웅성거리던 사람들의 시선을 단박에 사로잡는 퍼포먼스였다. 소란이 잦아들고 뒤늦게 휠체어 바퀴를 드륵거리며 강당으로 들어온 몸이 불편한 사람들까지 자리를 잡자 마술사가 입을 열었다.

"만나서 반갑습니다. 보시다시피 저는 마술삽니다. 제가 오늘 여기 온 이유는, 뭐 대단한 공연을 하거나 치료 목적의 교훈적인 말을 늘어놓으려는 게 아닙니다."

마술사가 조금 뜸을 들였다가 말을 이었다.

"여러분 방금 비둘기 보셨죠?"

사람들이 네, 하고 대답하자 마술사가 고개를 끄덕이더니 몇 걸음 걸어가 앞자리에 앉은 여학생을 무대로 불렀다. 그러곤 마이크를 가져다 댔다.

"학생, 방금 그 비둘기 보았죠. 학생이 보기에 그 비둘기는 어디로 사라진 것 같아요?"

평범한 마술쇼겠거니 하며 별 기대를 하지 않았던 민은 마술사의 예사롭지 않은 질문에 호기심을 느끼며 여학생과 그를 주목했다.

"밖으로 나갔으니까 가족을 만나러 간 거 아닐까요?"

학생의 대답에 여기저기서 웃음이 터졌다.

"자, 잠깐 가지 말고 기다리세요."

학생을 여전히 조명 아래 세워둔 채 마술사가 물었다.

"여러분, 여기 젊으신 분들 많으니까 다들 아실 겁니다. 그 비둘기는 어디에서 왔습니까? 제 손에서 솟아났다고요? 당연히 아닌 건 아실 테죠. 저는 소매 속에 비둘기를 숨긴 채 무대로 올라왔습니다. 그 정도는 여러분도 아시죠?"

네, 하며 여기저기서 동의의 박수 소리가 들렸다.

"그런데 그 비둘기가 사라졌습니다. 여기 학생은 창밖으로 날아서 가족에게 돌아갔다고 하네요. 아마 학생은 빨리 집에 가고 싶은가 보죠."

마술사가 학생의 등 뒤로 돌아갔다. 그 순간 창문으로 날아간 줄 알았던 비둘기가 학생의 어깨 위에서 모습을 드러냈다. 마술사가 계속 말을 이었다.

"여러분, 그렇다면 이 비둘기는 아까의 그 비둘기일까요, 아니면 다른 비둘기일까요?"

아무도 대답을 하지 않았다. 각자 머릿속에 두 가지 결론을 두고 고민을 하고 있을 것이다. 첫째, 인간이 비둘기를 잘 구분하지 못하는 관계로 색깔과 크기가 같은 두 마리의 비둘기를 한 마리인 것처럼 꾸미고 있다. 둘째, 바깥으로 나갔던 비둘기가 어떤 눈속임 혹은 보이지 않는 경로를 통해 다시 무대에 모습을 드러냈다. 민은 거기에 한 가지 생각을 더 얹어보았다. 실은 비둘기는 창문으로 나간 적이 없었다. 창문으로 나갔던 것은 비둘기가 아니라 비둘기로 보이는 다른 물체였을 것이다. 관객의 눈을 속인 것이다. 하지만 어떻게 그런 일이 가능할까. 세 가지 가정 이외에 다른 가정은 일절 없는 걸까?

마술사는 그런 호기심에 어떤 대답도 하지 않고 다음 마술을 진행했다. 갑자기 지팡이에서 꽃이 나오거나, 그 꽃들이 색종이가 되어 떨어지는 식의 상투적인 마술들이었다. 준비된 마술을 진행하던 마술사가 다시 마이크를 잡았다.

"거기 어머님, 무대 위로 한번 올라와보시죠."

이번에는 마술사가 오십대 정도의 중년 여성을 지목했다.

"어머님, 아무 노래나 좋으니까 한 곡 해주실 수 있어요? 뭐, 요즘 유행하는 〈미스터 트롯〉 노래도 좋고……."

마술사가 무턱대고 청했다.

"아니, 난 그런 거 못 해."

미리 짜고 치는 게 아닌 듯 여성이 거절했다.

"그러면 어머님, 다른 질문을 해보겠습니다."

"뭘?"

"어머님은 자식이 몇이세요?"

"하나, 그건 왜?"

"그럼, 어머님은 어느 때 삶의 보람을 느끼세요?"

중년 여성이 마술사의 등을 툭 치며 익살스레 대답했다.

"아, 보람은 둘째 치고 허리가 매일 아파서, 난 허리나 안 아팠음 소원이 없겠어."

그러자 여기저기서 웃음소리가 터졌다. 마술과 환자와의 대화를 곁들인 치료 프로그램이라고 민은 생각했다. 아주 흥미로운 건 아니지만 그럭저럭 시간을 때우기엔 좋은 무대였다.

"네, 어머님이 아주 중요한 말씀을 해주셨습니다."

마술사가 허공을 지팡이로 툭 치자 상자 하나가 무대로 떨어졌다.

"허리가 아프신 어머님께 드리는 선물입니다."

여자가 미심쩍어하며 상자를 열어보았다. 상자에는 허리를 감싸게 만들어진 저주파 마사지기 같은 물건이 들어 있었다. 무대 아래에서 박수 소리가 커졌다.

"여러분, 한 가지만 더 보여드리고 저는 물러가겠습니다."

도우미가 책상을 마술사 앞으로 가져다 놓았다. 마술사는 쓰고 있던 모자를 벗었다. 변발처럼 앞쪽이 빈 대머리여서 여기저기서 다시 웃음이 터졌다.

"제 머리 보지 마시고 여기 모자에 집중해주세요."

조명이 장난스럽게 마술사의 이마를 비추었다. 좌중을 천천히 쳐다보던 마술사가 검은 마술모자를 책상 위에 올려놓았다.

"보시다시피 여기 모자가 있습니다. 이제 저는 이 모자 속에서 무언가 귀여운 것을 꺼낼 예정입니다. 미리 말씀드리자면 그리 대단한 마술은 아니죠. 분명 어딘가에 숨겨두었다가 꺼낼 거라고 여러분은 이미 생각하고 있지 않습니까?"

마술사가 조금 더 의미심장한 말을 던졌다.

"여러분은 지금 무슨 생각을 하고 계시죠? 말해보세요. 무엇을 꺼낼지 궁금하다고 여기는 분도 계실 거고요. 무엇을 꺼내든 말든 어디에 숨겨두었는지에 집중하고 있는 분

211

도 계실 겁니다. 어떤 분은 두 가지 모두에서 벗어나 지금 이 순간, 자신이 왜 여기 앉아 있는지, 이제 앞으로의 인생은 어떻게 될지를 생각하는 분도 있겠죠. 자, 그럼 제가 처음 여기 올라와서 던진 질문을 다시 호출합니다. 여러분은 살면서 언제 보람을 느끼세요, 삶이란 무엇일까요?"

마술사가 모자를 들어 올려 뒤집었다. 비어 있던 모자 안쪽에서 작고 흰 고양이 한 마리가 나왔다. 고양이는 미동도 하지 않은 채 사람들을 내려다보았다.

"제가 함부로 얘기할 순 없지만, 여기 오신 분들 저마다 어떤 아픔이 있을 겁니다. 좋은 기억도 있고 나쁜 기억도 있겠죠. 저는 그 모든 게 삶이라고 말하고 싶습니다. 좋은 기억이든 나쁜 기억이든, 그 모든 게 우리가 껴안고 갈 하나라고요. 보십시오. 지금 저 흰 고양이는 모자 밖에 있습니다. 하지만 그 전까지 고양이는 모자 속에서 시간을 견뎠을 겁니다. 모자 밖의 고양이는 실재하고 모자 안의 고양이도 실재했습니다. 제가 지금까지 공연을 한 40여 분 동안 여러분은 결코 고양이를 본 적이 없습니다. 그렇다고 해서 고양이가 허상일까요? 아닙니다. 고양이는 모자 속 어딘가에 숨어 있었겠지요. 안과 밖, 두 가지로 구분하지 마십시오. 실재하는 것이 허상이고 허상 또한 실재합니다. 무대 밖으로 내려가면 우리의 삶도 마찬가지겠지요. 모자의 안팎에 진실이 있는 게 아니라 우리 마음속에 있습니다. 그것들은 여러분이 생각하는 그 순간 비로소 형체를 갖고 여러분을 따라다닙니다. 따라서 삶이란 모자 속 고양이를 꺼내는 일의 연속이라 말할 수 있습니다. 그냥 꺼내는 겁니다. 운명은 정해진 게 아니라 꺼내는 순간 결정되는 거예요. 몇 마리가 모자에 있을지는 모르죠. 같이 세며 상상해볼까요? 자, 그럼 다 같이 따라 해보세요. 여기 한 마리, 여기 두 마리, 여기 세 마리…… 여기 열세 마리…… 여기 스물다섯 마리…… 여기 서른여섯."

이해가 될 듯하면서도 이해가 되지 않는 말이었다. 하지만 사람들은 최면에 걸린 것처럼 마술사의 목소리를 따라 하고 있었다. 모자도 고양이도 더는 관심 밖이었다. 사람들은 그냥 상황 자체를 즐기고 있었다. 민도 그들을 따라 발음해보았다. 여기 한 마리…… 여기 두 마리…… 마치 최면을 유도하듯 이상하게 설득력을 지닌 말이었다.

"여러분, 제가 하는 얘기, 이해하시겠지요? 마칠 시간이 다 돼서 제가 마지막으로 하나만 더 보여드리겠습니다. 거기 할머님, 이리 올라와보십시오."

앞자리의 할머니가 무대로 올라가자 마술사가 말했다.

"저를 만져보십시오. 저는 분명히 여기 존재합니다."

관람객들이 고개를 끄덕였다.

"하지만 그게 사실일까요? 지금부터 정확히 3분 후 다시 한번 생각해보시길 바랍니다. 이번에는 제가 여러분 눈앞에서 모자 속으로 사라지는 마술을 보여드릴 테니까요."

마술사가 소품들을 내려놓고 무대 중앙에 똑바로 섰다. 그는 두 손을 합장한 채 눈을 감고서 기를 모으는 제스처를 취했다.

"자, 제가 사라지고 나면 모자 하나가 무대에 남아 있을 겁니다. 할머님, 할머님은 가시지 말고 모자를 뒤집어서 관객들에게 보여주십시오. 잘 살펴보면, 거기 어딘가에 몸을 웅크린 채 숨어 있는 저를, 아니 대머리 마술사를 찾아낼지도 모르겠습니다."

흥미진진해지는 순간 갑자기 누군가 민의 어깨를 두드렸다.

"하민 씨, 잠깐 밖으로 나와주세요."

담당 간호사였다. 왜 그러느냐고 묻기도 전에 그는 민의 손을 잡고 강당 밖으로 이끌었다. 강당 문을 조심스레 닫고 간호사가 숨을 몰아쉬며 말했다.

"급한 일이라며 아버님이 오셨어요. 얼른 가보세요."

면회실로 들어서니 구부정한 어깨의 아버지가 기다리고 있었다. 좀 뜻밖이었다. 며칠 전 아버지는 완고하게 민의 부탁을 거절했다. 오로지 염소에만 골몰해 있는 줄 알았는데, 그가 다시 면회를 오리라곤 상상도 하지 못했다. 더구나 가까운 거리도 아니어서 한 시간가량 버스를 타고 천안 시내로 나와 다시 지하철을 타고 서울까지 올라와야 한다. 아버지로선 큰맘 먹고 아침부터 길을 나서지 않으면 오기가 쉽지 않았을 것이다.

"아니, 염소는 어쩌고 여길……."

이번에는 민이 걱정스러운 얼굴로 아버지를 쳐다보았다.

"염소는 다 팔았다. 곧 다른 농장에서 차를 보내오기로 했어."

"아니, 왜요?"

"그 얘긴 다음에 하기로 하자. 오늘은 그것 때문에 온 게 아니니까."

"그럼, 그 사람 차에 가보신 거구나? 어땠어요? 가져오셨어요?"

와락 반가운 마음이 들었다.

"그, 그게 말이다……."

아버지가 민에게 밖으로 나가자고 말했다. 둘은 사람들의 발길이 비교적 뜸한 곳을 찾아 건물 밖으로 나왔다. 앞동과 뒤 동 사이, 흡연 구역에서 아버지가 걸음을 멈췄다. 등나무가 지붕처럼 둘러진 곳으로, 나무 밑에 벤치가 몇 개 놓여 있었다.

"너 말이다……."

담배에 불을 붙이며 아버지가 뜸을 들였다.

"왜요, 하실 말씀 있음 괜찮으니 하세요."

"너, 정말 괜찮은 거냐? 아프면 솔직히 말해봐. 내가 이 나이에 무슨 욕심이 있겠냐. 너 하나 도울 수 있다면 뭐든 하마."

민은 아버지의 말을 이해할 수 없었다.

"왜 그렇게 말씀하세요?"

"네가 내 생각보다 더 많이 아픈 것 같아서……."

"은수 때문에 제가 이러는 거라고 생각하세요? 그건 이미 옛날 일이에요."

"그게 아니라……."

아버지가 푸후, 연기를 내뿜었다.

"어쩌면 네 남편 말대로 진짜 요양이 필요한 게 맞을지도 모르겠다는 생각이 들어서."

민은 주먹을 꼭 쥐고 자리에서 일어났다.

"아버지도 그 사람 말을 다 믿는 거예요? 대체 무슨 얘길 들었는데?"

"앉아봐라. 그 얘기가 아냐."

아버지가 민을 끌어 앉혔다.

"아휴, 답답해. 머뭇거리지 말고 얼른 좀."

"성 서방 차엘 가봤어."

"그래서요? 뭐라고 적혀 있던가요?"

"그게 아니야. 네가 말한 대로 운전석 밑을 샅샅이 살폈지만 차계부 같은 건 없었다. 내가 보기엔 아무래도 네가 뭘 잘못 본 것 같아. 혹시나 해서 트렁크랑 조수석 밑까지 다 찾아봐도 차계부는커녕 메모 종이 한 장 발견하지 못했다."

"치웠겠죠……."

"내가 갈 줄 어떻게 알고 치웠겠니? 아무리 생각해봐도 네가 뭘 잘못 본 게야. 민아, 정신 좀 차리고 잘 생각을 해봐. 대체 어디서 뭘 본 건데?"

"아, 정말 미치겠다."

민은 답답한 나머지 제 가슴을 손바닥으로 탁탁 쳤다. 아버지 또한 나를 믿지 못하고 있구나. 생각 같아서는 당장에라도 벽에 머리를 부딪고 싶었다. 머리통이 깨지고 붉은 피가 흘러내리면 고통이 사라지려나. 진실 따위를 더는 알 필요도 없는 세상 속에서 안식할 수 있으려나. 그러기엔 지금까지 버텨온 시간이 너무 허무했다. 억울하게 죽은 은수가 견딜 수 없이 불쌍했다. 민은 비틀거리며 벽을 짚었다. 아직은 버텨야 했다.

"그러지 말고 좀 앉아라."

아버지의 목소리가 그 어느 때보다 간절했다.

"대신 이런 걸 주웠다. 아무래도 느낌이 이상해서. 운전석 등받이에 끼워져 있었는데 거기다가 흘리고 기억을 못 하는 모양이었어."

아버지의 눈이 과거, 경찰이던 시절처럼 빛났다.

"이게 뭐죠?"

아버지가 점퍼에서 꺼내 내미는 물건을 민은 조심스레 살폈다. 분명 몇 번이나 본 적이 있는 물건이었다.

"어라, 이거?"

"그래, 아는 거지? 내가 그럴 줄 알았다."

"이건, 전에 살던 집 있잖아요. 그 앞에 구멍가게 할아버지가 소중하게 여기던 훈장이에요. 가짜가 아니고, 정부에서 준 공식적인 훈장이요. 근데 왜 이게 남편 차에 있죠?"

"네 말이 사실이라면 아주 이상한 일이구나."

아버지도 고개를 갸웃했다.

볕이 좋은 날이면 훈장을 꺼내 닦던 노인이 생각났다. 훈장은 직각 형태의 고급스러운 액자에 넣어져 있었다. 평소 구멍가게 할아버지는 훈장을 계산대 왼쪽 벽에 걸어놓았다. 할아버지의 훈장 사랑은 남달라서 낡은 문을 열고 들어가면 누구든 반짝반짝 닦인 훈장을 볼 수 있었다. 사실상 할아버지의 목숨이나 다름없던 훈장인데 그것이 어떻게 남편 차에 옮겨져 구석에 처박히게 된 건지, 아버지는 또 그걸 어떻게 알고 딸에게 보여주겠다고 여기까지 가지고 오게 된 건지, 민은 혼란스럽기만 했다.

"이러고 있을 게 아니라 직접 가봐야겠어요."

"어딜?"

아버지가 민의 손목을 잡았다.

"자동차에요. 그 구멍가게도 가보고."

아버지가 충고하듯 말했다.

"갈 거면 조심해서, 일단 성 서방 모르게 가보는 게 좋겠다. 나랑 같이 가자."

"아니요. 제가 알아서 할게요. 아버지까지 잃긴 싫어요!"

민의 귀에 아버지의 충고는 더 이상 들리지 않았다.

요석교회

아버지의 말은 모두 사실이었다. 민이 동네 열쇠가게 아저씨의 도움을 받아 낡은 아반떼 문을 열었을 때, 차계부 같은 건 어디에서도 찾을 수 없었다. 마치 민이 올 걸 예상하기라도 한 듯 감쪽같이 치워져 있었다. 물론 다른 가능성도 있기는 했다. 남편이 메모를 위해 일시적으로 차계부를 가지고 나갔을지 모른다. 전에도 남편은 집 안으로 차계부를 갖고 온 적이 있었으니까. 하지만 영상을 아무리 돌려봐도 집 안으로 차계부를 갖고 들어오는 장면은 찍혀 있지 않았다. 혹시 가방 속에 넣어 온 건 아닐까? 그게 아니라면 자동차도 집도 아닌 제삼의 장소에 차계부를 숨겨놓았을 수도 있었다. 아니면 증거를 없애기 위해 차계부를 태워버

220

렸겠지.

민은 택시를 불러 약수터 근처 구멍가게로 향했다. 아직 병원에선 민이 사라진 걸 모르고 있을 것이었다. 마술 강연이 끝난 뒤 저녁 6시까지는 자유 시간이었다. 운이 좋다면 취침 시간이 될 때까지는 발견되지 않을 것이다. 적어도 8시까지는 돌아와야 했다. 병원을 함부로 나온 것이 발각돼 남편에게 알려진다면 일은 더욱 복잡하게 꼬일 것이다. 과연 누가 민의 말을 믿어줄 것인가. 아버지조차 민의 말을 믿지 않았다. 민은 스스로 남편의 실체를 밝혀내야 했고, 그러기 위해서는 남편의 필체가 담긴 차계부와 같은, 보다 확실한 증거를 찾아야 했다.

택시에서 내리던 민은 절대 다시 보고 싶지 않은 섬뜩한 장면을 보고 말았다. 택시가 구멍가게 평상 앞에서 방향을 바꿀 무렵이었다. 헤드라이트 불빛 속에 무언가 검고 작은 것이 희뜩, 하고 지나갔다. 민은 과거의 공포가 만들어낸 환각이라고 생각했다. 하지만 아니었다. 분명히 까맣게 눈을 빛내는 존재가 평상 옆 어둠 속에 앉아 기다리고 있었다는 듯, 민을 쳐다보고 있었다. 그건 마치 사탄이나 악마가 물질로 현현한 모습이었다. 그게 아니라면 눈이 마주친 순간 온몸을 마비시킬 정도로 소름이 돋을 리 없었다. 그게 아니라면 불사신처럼 살아서 민의 주변을 맴돌 이유가 없었다. 그렇다! 민은 다시금 확신했다. 모든 악의 원흉이 바로 저 작은 요물이라고!

민은 몸을 부들부들 떨며 택시에서 내렸다. 까망이는 여전히 평상 옆에서 조금도 움직이지 않았다. 민은 두 손을 갈퀴처럼 오므렸다. 더는 물러설 곳이 없었다. 만약 저 까망이가 모든 악의 근원이라면 이 자리에서 목을 졸라 완전히 숨통을 끊어놓고 싶었다. 설령 저 작은 요물이 몸을 돌려 눈동자를 파내려 달려든다고 해도 결코 물러서고 싶지 않았다. 사랑했던 은수를, 어머니를 차례로 잃었다. 이제 더 잃을 것도 없었다. 까망이를 죽이지 않으면, 민의 목숨이 붙어 있는 한 공포는 계속될 것이다. 이제 그 길고 긴 싸움에 종지부를 찍을 때가 된 것이다.

"지금 뭐 하시는 거예요, 남의 고양이한테?"

마치 삽으로 콘크리트를 긁어내듯 날카로운 소리였다.

"뭐, 나, 남의 고양이?"

까망이의 목덜미로 다가가던 민의 손이 멈칫했다. 등줄기에 한기를 느끼며 소리의 진원지로 고개를 돌렸다. 그 틈을 타 고양이는 쏜살같이 여자의 등 뒤로 사라져버렸다. 서, 설마……. 그 짧은 순간, 번개처럼 민의 머리를 스쳐 가는 게 있었다. 까망이의 주인…… 까망이의 주인이라면…… 혹시 동수와 연관이 된 그 여자가 아닐까. 동수가 버려졌을 때 고양이 한 마리가 마치 호위무사처럼 동수 옆을 지키고 있었으니까. 이제 모든 게 확실해졌다. 마침내 단단한 벽처럼 앞을 가로막고 있던 실체를 만난 것이다. 추상적이기만 하던 존재가, 소리를 얻고 형체를 얻어 민의 눈앞에 모습을 드러낸 것이다. 차가운 어둠 속에서 수십만 년을 견뎠을 저 눈동자……. 저 눈동자를 두고 용왕보살은 대적하지 말고 피하는 게 좋다고 했던가. 피하라고?

"왜 남의 고양이를 해코지하려는지 묻잖아요?"

여자의 목소리가 커졌다. 저음의 목소리가 동굴에서 말하는 것처럼 왕왕 울렸다. 여자는 검은색 시스루 원피스를 입고 있었는데, 형광등 불빛을 타고 흘러내린 그림자가 민의 발치까지 이르렀다. 여자의 얼굴을 확인하는 순간, 민은 악 소리를 지르며 몇 걸음 물러났다. 그녀는 바로 가게 2층에 세 든 여자였다. 쥐가 나온다며 투덜거리던 여자다. 2층 창문을 열어놓고 하염없이 노란 개나리들을 바라보던 여자, 슬리퍼를 끌고 내려와 초점 없는 눈으로 물건을 사서 터벅거리며 계단을 올라가던 여자. 등에 언제나 모호한 의문부호 하나를 달고 다니던, 거울처럼 늘 가까이 있던 타인.

"그, 그러니까 다, 당신이 고, 고양이 주인이라는 거지?"

"그래서? 뭐가 잘못되었나요?"

"다, 다, 당신이 왜 여기 있지? 하, 할아버지는 어딜 가고."

머릿속 회로가 엉겼다. 무공훈장이 남편 차에서 발견되었다. 그렇다면 여자가 훈장을 훔쳐내 남편에게 건네준 것일까. 아니면 남편이 훔쳤거나.

"할아버지는 치매가 심해져서 요양병원으로 옮겼어요, 며칠 전에 자식이 와서."

가게 안에는 물건들이 여전히 그대로 있었다.

"그런데 다, 당신이 왜 가게를?"

"물건 빠지기 전까진 가게 봐주고 있어요. 왜요, 쥐약이라도 사시게?"

상황이 예상치 못한 방향으로 흘러갔다.

"너, 누구야? 나한테 왜 이러는데?"

"그러는 그쪽은 누군데?"

"날 정말 몰라서 물어?"

"모르니까 묻죠. 가게 손님이신가 본데, 내가 주인도 아니고 그걸 어떻게 다 기억해요."

민은 후들거리는 다리에 단단히 힘을 주고 섰다. 여기서 물러설 수는 없었다. 힘을 내. 민은 스스로에게 기합을 넣었다. 조금이라도 틈을 보이면 모든 게 물거품이 되고 만다. 까만 고양이든 고양이 주인이든, 민의 아이와 어머니를 죽인 가해자들이었다.

"여기 있던 거 어디 갔어?"

민은 여자를 밀치며 카운터 옆 벽을 가리켰다.

"아, 난 또 뭐라고. 훈장 말인가요? 그거, 할아버지 자식
에게 말도 안 하고 저 위 아파트에 살던 남자가 가져가던
데? 평소에 그 물건에 관심이 많았다면서……."

민은 기가 막혔다.

"그 남자를 알아?"

여자의 표정이 복잡 미묘하게 얽혔다. 순간적이었지만 민
은 여자가 무언가 숨기고 있다고 확신했다.

"모르는 남자가 물건을 멋대로 가져가게 됐을 리 없잖아?"

민의 말에 여자가 피식 웃었다.

"그쪽이 상관할 바가 아니잖아?"

민은 냉장고로 걸어가 소주 한 병을 꺼냈다. 민은 숨도
쉬지 않고 소주를 벌컥벌컥 들이켰다. 여자는 제지하지 않
고 민을 지켜보았다.

"너 나 알지? 내 눈 똑바로 봐!"

"……."

"원하는 게 뭐야. 대체 왜 그랬어?"

"멋대로 상상하지 마세요."

"상상? 웃기네. 이제야 확실히 알겠어. 말을 해. 여기 2층

225

에 쥐새끼처럼 숨어서 나를 감시한 이유가 뭐야? 친구 때문에 이사를 왔다더니 그게 내 남편이었어?"

여자는 대답하지 않았다. 민은 허망했지만 한편으론 기뻤다. 그동안의 의혹이 모두 사실이 되었으니까. 이제 저들이 죄의 대가를 치르는 일만 남았으니까.

"하나만 물어보지. 대체 왜 그랬어? 내 남편에게 왜? 이 결혼반지가 안 보여?"

민의 목소리가 분노로 바들바들 떨렸다.

"처음부터 내 것이었으니까……."

여자가 차갑게 대답했다.

"그래, 그랬겠지. 그럼 엄마는 왜? 우리 엄마가 뭘 잘못했지?"

"난 충분히 기회를 주었어요. 두 사람 모두에게. 그런데 당신이 내 아이를 죽이려고 하는 건 참을 수 없었어. 당신이 뭔데?"

여자의 동공이 점점 마름모꼴로 변해갔다. 여자를 감싼 그림자가 여자의 등에서 돋아난 검은 날개처럼 보였다.

"역시, 네년이 죽인 게 맞았어. 그렇게 좋으면 나를 죽이고 남편을 차지했어야지. 여기 숨어서 내 주변을 맴돈 이유가 뭐야? 네가 밤마다 검은 옷을 두르고 박쥐처럼 숨어서 내 창문 훔쳐본 걸 다 알고 있어. 나는 모든 밤과 모든 시간

속의 너를 기억해. 왜 그랬어, 도대체 왜?"

"고통을 주고 싶었거든, 서서히. 피가 마르도록."

"누구에게, 왜?"

"나를 부정한!"

"누가?"

민은 허탈해서 웃음조차 나오지 않았다.

"아이는, 아이는 어떻게 된 거야?"

"착각은 네가 하는 거야. 우린 한순간도 헤어진 적이 없어. 지금 이 순간도."

여자는 알듯 말듯 미소를 지었다.

"나는 너이기도 하니까."

"내, 내가 너라고?"

민은 여자의 사악한 혀에서 나오는 말들에 말려들고 싶지 않았다.

"헛소리 그만해. 내 아들 은수는 어떻게 된 거야? 왜 그리 잔인했지?"

여자가 등 뒤 선반에서 검은색 모자를 꺼내 썼다. 오래전부터 거기 놓아둔 것 같았다. 모자를 쓴 여자가 마술사처럼 히죽 웃었다. 낮에 병원에서 보았던 마술사처럼 안과 밖이 여기에 있지, 하고 말하는 것 같았다. 새벽 2시, 민이 베란다에서 내려다보았던 그 창백하고 푸른 어둠 속, 헌옷수거함 주변에서 목격한 적이 있는 그 검은색 모자였다. 모든 밤의 기운과 죽은 자의 그림자, 깊은 어둠이 하나로 뭉쳐 만들어낸 저 창백한 검은색…… 민은 더 버티지 못하고 시멘트 바닥에 주저앉았다. 온갖 두려움과 원초적인 공포로 가득한 밤의 기억들이, 그날의 실체가 지금 눈앞에 우뚝 서 있었다.

"은수라, 목이 꺾여 죽은 그 아이 말이지?"

그림자가 민을 향해 성큼 다가왔다.

"그걸 왜 나한테 물어. 그건 네 자신에게 물어야지!"

자리에서 일어난 민은 온 힘을 다해 여자를 밀쳤다.

"나에게 물으라고? 그걸 왜?"

민은 더 이상 충동을 제어하기 힘들었다. 저 목소리를 끊어야 한다. 다시는 함부로 혀를 놀리지 못하도록 막아야 해. 저 눈동자가 다시는 밝은 빛을 보지 못하도록 동공을 찔러야 해. 두 귀를 틀어잡고 고막에 독을 들이부어 더는 소리를 들을 수 없게 해야 한다. 저 추악한 팔과 다리를 꺾어 다시는 세상에 행세하지 못하게 해야 하리라. 무릎을 깨고 허리를 끊어 다시는 일어서지 못하게 해야 하리라. 세상에서 가장 단단한 공이로 견갑골을 일시에 부수어 어떤 날개도 돋지 못하도록, 날개를 펼친 채 함부로 인간의 마을을 침범하지 못하도록 숨통을 끊어놓아야 한다.

여자를 향해 얼굴을 맞세운 채, 눈동자를 좌우로 굴려 흉기가 될 만한 걸 찾아보았다. 구멍가게 할아버지가 과자 박스를 뜯을 때 사용하던 손잡이 칼이 진열된 라면 사이에 끼워져 있는 게 보였다. 민은 뒷걸음질 치는 척하며 칼을 주워 등 뒤로 숨겼다. 불과 두어 발짝 앞에 어둠 속 존재가 서 있다. 민은 부지런히 계산해보았다. 두어 걸음 옮긴 다음 팔을 쭉 뻗으면 된다. 여자가 도망가지 못하도록 왼손으로 머리채를 단단히 휘어잡아야겠지. 그런 다음 오른손을 번개처럼 움직여야 하리라. 단박에 저 사악한 존재의 숨통을 끊어버릴 수 있게 오른쪽 목덜미를 깊숙이 찔러야 한다. 피를 쏟으며 죽어가는 모습을 천천히 내려다보아야 한다.

"저기, 왜 이러세요. 진정해요!"

2층 여자가 카운터 뒤로 물러서며 비명을 질렀다.

"이제 가면을 벗으시지?"

민은 다그치듯 여자에게 한발 다가섰다.

"소문대로 당, 당신은 미쳤어!"

"소문? 그런 소문을 누가 내고 다니는데?"

민이 여자를 향해 막 칼을 뻗는 순간, 끽 소리를 내며 마당에 차가 멈췄다. 그러더니 회색 승합차 문이 열리며 덩치 큰 사내들이 우르르 뛰어내렸다.

"여, 여보. 잠깐만!"

먼저 문을 열고 들어온 이는 남편이었다. 얼마나 서둘렀는지 얼굴이 하얗게 질려 있었다. 남편은 영화 속에서 보던 인질 협상가처럼 몸을 최대한 낮춘 채 천천히 다가왔다.

"그거 내려놔. 얌전히 병원으로 돌아가자! 어떤 책임도 묻지 않을 거야. 아무도 다치지 않았으니까. 절대로 사람을 다치게 해서는 안 되는 거잖아?"

민이 밖을 가리키며 물었다.

"그래서 지금 나를 잡으려고 사람들을 데리고 온 거야?"

"잡긴 누굴 잡아. 병원으로 다시 돌아가려는 거지. 당신이 말도 없이 거길 빠져나왔잖아. 의사 선생님 허락도 안 받고……."

민은 곰곰이 생각을 해보았다. 남편을 따라 병원으로 가면 무슨 일이 벌어질까. 십중팔구 폐쇄 병동으로 옮겨지겠지. 칼을 들고 사람의 목을 찌르려고 했으니까. 아무리 아니라고 해도, 누가 나의 말을 믿어줄지. 손발에 결박부터 채울 것이다. 강제로 입을 벌려 약을 먹이고 치료를 빙자한 온갖 모욕을 주겠지. 그렇게 한 달, 두 달, 석 달, 넉 달 시간이 흐르고, 자신들의 비밀이 영원히 봉인되기를 바라며 남편과 여자는 당당하게 새로운 안식을 구하리라. 크리스마스이브에 우연처럼 데려온 진짜 제 아이를 키우면서.

"1분만 기다려줘. 나 긴장했나 봐, 오줌이 너무 마려워."

민은 흉기를 내던지고 항복하는 범인처럼 손을 들었다.

"그래, 잘 생각했어. 여보…… 아무 일도 없을 테니까 걱정하지 마. 나를 믿어야 해. 알았지? 밖에서 기다릴 테니까 평상 앞으로 나와."

남편이 안심하라는 듯 고개를 끄덕였다.

"여보, 근데 하나만 진심으로 물어보자."

민은 화장실로 가려다가 몸을 돌려 남편에게 물었다.

"뭘?"

"저 여자 알아? 당신 아는 여자야? 이웃으로 아는 거 말고 당신과 친하냐고 묻는 거야. 예전에 정류장에 같이 서 있던 여자잖아……."

민은 남편의 눈동자를 쏘아보았다.

"아, 아니. 난 오늘 처음 보는데……."

"그렇구나. 알았어."

민은 가게 뒤, 쪽문을 열었다. 뒷마당에 화장실이 있다는 걸 알고 있었기 때문이다. 화장실로 걸어갈 때 2층 여자의 눈길이 따갑게 목덜미에 따라붙었다. 민은 태연하게 화장실 앞까지 걸어갔다. 여전히 목덜미로 시선이 느껴졌다. 눈동자를 굴려 주변을 살폈다. 마당 오른쪽엔 향나무 몇 그루가 심어져 있다. 향나무 뒤쪽은 산자락과 닿아 있는 잡초 지대였다. 특별히 바뀐 게 없다면 경사를 따라 가시넝쿨이 자라고 있을 것이다. 중심을 유지하며 몸을 낮추고 계속 가다 보면 길은 한 곳으로 가닿는다. 요석교회 뒷마당이었다. 산책을 하느라 아파트에서 사거리 공원까지 무수히 오르내리며 보아둔 풍경이었다.

"난 어디에도 가지 않아!"

몸을 홱 비튼 뒤 민은 향나무 사이로 몸을 감췄다.

"앗, 저 여자 잡아!"

민이 마지막으로 들은 남편의 목소리는 그것이었다. 잡아서 손발을 결박한 뒤 폐쇄 병동에 집어넣어야 할, 이제는 버려야 할 여자. 그 목소리를 신호로 사내들의 거친 발소리가 등 뒤로 다가왔다. 민은 몸을 낮춘 채 기다시피 넝쿨을 빠져나왔다. 뒤쫓던 사람들이 핸드폰 라이트로 주변을 비추기 시작했다. 한 무리는 산등성이 쪽으로 뛰어 올라가고 승합차는 길을 따라 내려오며 주변을 훑고 있었다. 깨진 유리에 무릎이 찢긴 채 민은 계속해서 엉금엉금 기었다. 살아야 한다. 어떡하든 살아야 해. 그 길만이 목이 꺾여 죽은 불쌍한 아이의 복수를 할 수 있는 길이다. 영문도 모른 채 연기를 들이마시고 죽은 엄마의 영혼을 달래는 길이다.

나뭇가지 사이로 요석교회의 거무스름한 그림자가 눈에 들어왔다. 몇 년 동안 보아온 풍경 그대로 교회는 주인을 잃은 채 방치되어 있었다. 민은 1미터쯤 되는 콘크리트 담장 밑에 쪼그리고 앉았다. 먼 곳에서 사내들의 고함 소리가 들렸다. 소리가 잠잠해지길 기다렸다가 조심스럽게 교회 담을 넘어 뒷마당으로 내려섰다. 잔디 사이로 잡초들이 뚫고 올라와 마당인지 숲인지 구분이 되지 않았다. 2층으로 지어진 교회는 앞쪽에서 봤을 때보다 규모가 배는 커 보였다. 1층에 예배당이 있고 2층에 각종 사무실, 가정집 등이 있는 구조였다. 뒤쪽에는 마당을 관리하기 위해 지어진 것으로 보이는 창고도 하나 있었다. 창고 옆에는 커다란 감나무 하나가 을씨년스럽게 서 있었다. 감나무 밑에는 아무도 주워 가지 않은 주황색 감들이 바람에 떨어져 처참하게 으깨져 있었다.

핸드폰으로 불을 밝힌 뒤 민은 조심스레 창고 문을 열고 들어갔다. 거미줄 같은 것이 얼굴에 붙었다. 사방에서 퀴퀴한 냄새가 진동했다. 안쪽에 고장이 나서 방치된 것으로 보이는 안마의자 같은 것이 놓여 있어서 민은 우선 의자에 몸을 기댄 채 놀란 마음을 진정시켰다. 몸이 떨리고 추웠다. 자신을 쫓는 사내들이 사라지고 나면 바깥으로 나가 뜨거운 음식을 사 먹고 싶었다. 앞으로 어떻게 해야 할지, 무엇을 해야 할지는 그 이후에 생각해도 늦지 않을 것이다. 컹컹. 먼 곳에서 개 짖는 소리가 바람처럼 들려왔다.

시어머니 집으로 옮겨진 뒤로 소식이 없는 무지가 떠올랐다. 아마 남편은 약속을 지키지 않았을 것이다. 눈이 안 보이는 개는 살 가치가 없다며 처분했을 테니까. 멀리서 들리는 개 짖는 소리가 꼭 무지의 영혼 같았다. 민은 자신도 모르게 도와달라고 빌었다.

데칼코마니

민은 교회 창문을 통해 밖을 바라봤다. 교회 앞으로 걸어가는 사람은 거의 찾아볼 수 없었다. 이따금 아파트로 올라가는 차들만이 헤드라이트를 밝힌 채 정문을 스쳐 지나갔다. 먼 곳에서 아득하게 119 구급차의 사이렌 소리가 들려왔다. 다른 날과 비교해서 특별히 달라진 것 없는 저녁이었다. 일을 마친 사람들은 하나둘 지하철역을 빠져나오거나 마을버스를 타고 집으로 향하겠지. 둘씩 셋씩 떼를 지어 술집으로 가기도 하겠고…….

교회 담장 너머에 그동안 자연스럽게 누려왔던 평범한 삶이 있다. 그것은 우리가 익히 아는 일상이라는 이름의 삶이었다. 그러나 지금은 다르다. 지금은 익숙하던 세계

로부터 철저히 고립되었다. '우리'라고 부를 수 있는 관계
는 민 앞에 더는 존재하지 않았다. 아침에 일어나 남편의
옷을 준비하는 일도, 개를 산책시키고 시장을 보고 이웃
을 만나 수다를 떨거나 전화를 하는 행동들이 무대 너머
의 이야기처럼 생소해졌다. 마치 드라마를 보듯 그런 일들
은 경계 바깥에 있었고 어느 순간 관객으로 전락한 채 한
껏 움츠린 자신을 발견하고는 망연자실해졌다.

병원에서 도망 나온 지 사흘이 지났다. 첫날, 민은 창고
에서 정신없이 잠을 잤다. 눈을 뜬 건 새벽녘이었다. 춥고
배가 고팠다. 혹시나 해서 교회 뒤로 난 샛길을 따라가 아
무 편의점에나 들러 라면과 김밥으로 배를 채웠다. 그런
다음 찜질방으로 가 몸을 씻은 뒤 아침 일찍 교회로 돌아
왔다. 사람들 눈에 띄지 않게 교회 뒷마당으로 가서 민은
한참이나 건물의 구조를 살폈다. 모든 문이 단단히 잠겨
있었지만 감나무 가지가 2층 창문과 닿아 있었다. 민은 감
나무 가지를 타고 올라가 창문 유리를 깨고 안으로 들어
가는 데 성공했다. 모텔이나 사우나를 두고 왜 교회로 돌
아가고 싶었는지 민은 자신도 알지 못했다.

교회는 몇 년 동안 비어 있었던 듯 먼지가 가득했다. 민
은 우선 주거 공간으로 쓰던 거실을 치우고 옷장에서 이
불을 꺼내 간이 침상을 만들었다. 주방엔 그릇과 조리 기

구들이 그대로 남아 있었다. 심지어는 묵은쌀도 항아리에
가득 담겨 있었다. 가스는 막혔지만 전기 계량기를 올리자
전원이 들어왔다. 1층도 마찬가지였다. 150석 규모의 강당
엔 성경책과 주일예배를 알리는 프린트물들이 여기저기
바닥에 흩어져 있었다. 민은 프린트물 중 하나를 주워 읽
어보았다.

 뱀은 주 하나님께서 만드신 모든 들짐승 가운데에서 가
장 간교하였다.
 그 뱀이 (어느 날) 여자에게 물었다. 하나님께서 '너희는 동
산의 어떤 나무에서든지 열매를 따 먹어서는 안 된다'고 말
씀하셨다는데 정말이냐? 여자가 뱀에게 대답하였다. 우리
는 동산에 있는 나무 열매를 먹어도 된다. 그러나 동산 한가
운데에 있는 나무 열매만은, '너희가 죽지 않으려거든 먹지
도 만지지도 마라' 하고 하나님께서 말씀하셨다. 그러자 뱀
이 여자에게 말하였다. 너희는 결코 죽지 않는다. 너희가 그
것을 먹는 날, 너희 눈이 열려 하나님처럼 되어서 선과 악을
알게 될 줄을 하나님께서 아시고 그렇게 말씀하신 것이다.
여자가 쳐다보니 그 나무 열매는 먹음직하고 소담스러워 보
였다. 그뿐만 아니라 그것은 슬기롭게 해줄 것처럼 탐스러
워 보였다. 그래서 여자가 열매 하나를 따서 먹고 자기와 함

께 있는 남편에게도 주자, 그도 그것을 먹었다.

뱀은 모든 짐승들 가운데 가장 간교하다. 민은 다시 한 번 프린트의 글자를 웅얼거렸다. 그렇다면 모든 게 창조주의 뜻이겠군. 일부러 뱀을 만들고 여자를 시험에 들게 하고 인류에게 지혜의 불을 준 사람, 그건 뱀이 아니라 창조주였다. 어쨌거나 그로 인해 인간은 선도 알고 악도 알게 되었다. 또한 선도 악도 모두 창조주의 소산임을 알게 되었다. 다른 말로 하면 창조주의 목적은 선과 악이 아니라 그 과정에 인간을 놓이게 하여 경험하고 통찰하게 하려고 하는 것 같았다. 어리석은 인간들이 사탄을 원망하지만 사탄도 창조주의 일꾼임을 알게 되는 순간, 창조주의 더 큰 뜻을 비로소 느끼게 되는 것이다.

어릴 때 잠깐 교회에 나간 적은 있지만 진심으로 신을 믿어본 적은 없었다. 21세기에 신이라니? 정신적으로 나약한 사람들이 신을 믿는 거라고 생각해왔다. 누구도 본 적이 없는 신, 오로지 기록으로만 존재하는 신, 다른 신을 인정하지 않는 신, 믿는 지파에 따라 교리가 갈라지는 모순의 신, 인간에 의해 인간의 손으로 인간의 마음속에 안착한 신, 진짜 신이 사라진 자리를 꿰차고 앉아 끝없이 기도와 찬양과 헌금을 강요하는 신. 하지만 지금은 입장이 달랐다. 어떤 신이어도 좋으니 제발 자신을 구원해달라고 민은 예배당 앞자리에 앉아 두 손을 간절하게 모았다. 신이시여, 당신이 실재한다면 저를 버리지 마십시오. 저와 저의 아이와 제 엄마의 영혼을 가엾게 여겨 빛으로 인도해주소서.

늦은 오후, 민은 지난번 남편의 손아귀를 벗어났을 때처럼 넝쿨이 우거진 길을 반대로 되짚어 구멍가게까지 가보았다. 2층 여자의 방에 불이 들어와 있었다. 가끔 창문으로 여자의 실루엣이 어리기도 했다. 민은 일정한 거리를 둔 채 여자를 관찰하다가 교회로 돌아왔다. 까망이 때문이었다. 더 가까이 접근하면 어디서든 놈이 불쑥 나타나 눈동자를 뽑으려 달려들 것 같았다. 시간이 필요했다. 좀 더 확실한 증거를 포착한 후에 서서히 피를 말려가며 받은 걸 되돌려주고 싶었다. 그 길만이 남편과 2층 여자가 행한 죄악에 대한 진정한 의미의 복수가 될 것이다.

어쩌다 내가 이렇게 되었을까. 교회로 돌아온 민은 혼자 맥주를 마셨다. 편의점에서 사 온 맥주는 맛이 밋밋했다. 통장에는 180만 원쯤 잔액이 있었다. 한두 달은 버틸 수 있는 금액이었다. 그다음엔 어떻게 할까. 아버지를 찾아가 도움을 청할까. 염소를 판 돈이 수중에 있겠지. 하지만 남편이 이미 아버지를 구워삶지 않았을까. 저 여자는 치료를 받아야 한다고, 나타나면 즉시 연락을 해달라고. 서러웠다. 민은 흐르는 눈물에 어깨를 들먹이며 울었다. 울음은 한동안 진정되지 않았다. 과연 아버지는 누구 말을 더 믿어줄까. 아버지가 조금만 더 젊었더라면, 범인을 쫓던 강하고 튼튼한 근육으로 남편의 목덜미를 잡아채줄 수 있다면, 숨겨진 비밀을 모두 파헤쳐 자신의 억울함을 풀어줄 수만 있다면…….

생각할수록 억울했다. 돌이켜보면 남부러울 것 없이 평범한 가정이었다. 그런 가정을 일구는 게 소원이었고 마침내 그걸 이뤘다고 생각했다. 남편은 반듯한 직장이 있었고 고대하던 자식도 낳았고 부모님은 오랜 고생 끝에 행복을 찾았으니까. 하지만 영원할 것 같은 평화가 뜻하지 않은 사건으로 부서졌다. 어항을 들고 조심조심 걸어가다가 부지불식간에 어항을 놓쳐 깨뜨려버린 것 같았다. 엄마, 마, 마……. 죽은 은수의 목소리가 들려올 때마다 민은 제 심장에 잘 드는 칼을 쑤셔 박고 싶은 고통을 느꼈다. 오랜 고통 끝에 내린 결론은 간단했다. 운명은 선의 편도 악의 편도 아니라는 것. 그저 견디는 자들의 편이었다.

민은 며칠 동안 감기를 앓았다. 옷장에서 찾아낸 전기장판이 그나마 위로가 되었다. 사흘 동안 땀을 흘리며 악몽에 시달렸다. 꿈이 현실 같았고 현실이 또한 꿈이었다. 파란 이삿짐 트럭이 삼일아파트로 들어서던 날, 사다리차에 실려 공중으로 꿀렁꿀렁 올라가는 소파와 침대를 보며 가슴 설레던 젊은 민이 보였다. 힘들게 아이를 낳고 좋아하던 일, 출장으로 오지 않는 남편이 보고 싶어 새벽까지 잠들지 못하고 구멍가게를 지나 교회 앞까지 수없이 오르내리던 일, 남편과 야구를 보러 갔다가 홈런 볼을 주운 날 아이가 크면 자랑을 하겠다며 해맑게 웃던 남편, 그 모든 게 거짓이었다니 도무지 믿기지가 않았다. 진실인 듯 진실이 아닌 삶이, 그러나 분명히 한때 실재한 삶이 이 골목 끝에 박제돼 있었다.

열이 내리자 민은 편의점에서 미리 사다 놓은 인스턴트 죽으로 허기를 달랬다. 배가 차자 신발을 신고 구멍가게로 향했다. 만약 죽은 뒤에 영혼이란 게 실제로 존재한다면 꼭 지금과 같은 모습일 거라고 확신했다. 두 발은 분명 땅을 딛고 있는데 몸은 허공에 붕 뜬 것 같았다. 발을 헛디딘 듯 몸은 휘청거렸고 귀에서는 알 수 없는 소리가 24시간 떠나지 않았다. 주변의 사물들이 모두 썩어가는 듯 악취를 풍겼다. 보이는 풍경은 대부분 흑백이었다. 늘 흐려 있는 회색의 하늘을 보며 혹시 저승의 풍경이 이러지 않을까, 하고 생각했다. 숲은 거무죽죽했고 길을 따라 산등성이 왼쪽으로 어깨를 맞댄 채 지어진 낡은 단독주택들은 우물 속의 마을을 보는 것처럼 초점 없이 흔들리곤 했다.

어느 날 저녁, 민은 충격적인 장면을 보고 말았다. 교회에 숨어 산 지 보름쯤 되던 날이었다. 어쩌면 한 달이 지났는지도 모르겠다. 저녁을 먹고 구멍가게 주변을 서성이는데, 가게 불이 갑자기 꺼지더니 캐리어를 밖으로 끌고 나오는 남편과 여자가 보였다. 둘이 각각 캐리어를 나누어 끌며 향하고 있는 곳은 놀랍게도 삼일아파트였다. 민의 심장은 그 어느 때보다도 강하게 뛰었다. 세포 하나하나가 박동하는 것 같았다. 민은 남편과 여자를 계속 쫓았다. 두 사람은 한 손으로는 캐리어를 끌고, 다른 한 손은 서로 꽉 맞잡고 있었다. 누가 봐도 한 쌍의 잘 어울리는 부부였다. 원래부터 그래왔던 것처럼, 어긋난 큐브가 비로소 제자리를 찾았다는 듯이.

민은 당장에라도 달려가 그들의 앞을 가로막고 싶은 걸 겨우 참았다. 만약 이대로 저들 앞으로 뛰쳐나간다면 저들은 무슨 생각을 하게 될까. 언제 감았는지도 모를 헝클어진 머리카락과 몸에서 풍겨올 악취, 온갖 의혹으로 가득 찬 눈빛을 보며 저들은 오히려 회심의 미소를 지을 것이다. 몇 분 지나지 않아 승합차가 도착하겠지. 미친 사람들을 이 사회가 처리하는 방식은 언제나 그래왔으니까. 아무리 발버둥을 쳐도, 아무리 진실을 호소해도 믿어줄 사람은 없을 것

이다. 차라리 마술을 부리듯 사라져주는 게 모두에게 이득
이 될 것이다. 모자 속으로 자신을 감추겠다고 큰소리를 쳤
던 마술사처럼.

남편과 여자가 삼일아파트 입구에 이르렀을 때였다. 놀
라운 장면이 민을 기다리고 있었다. 그들이 아파트 헌옷수
거함 앞에 이르자 두 개의 그림자가 그들을 맞았다. 시어머
니와 동수였다. 멀리서도 그들의 얼굴에 웃음기가 가득하
다는 걸 알 수 있었다. 그들 넷은 화목한 가정의 한 장면을
보여주며 아파트로 들어섰다. 작년까지 남편과 머물던 그
아파트였다. 분명히 집을 팔았는데…… 혹시 시어머니가
집을 샀던 건가? 제 손주를 위해, 아니 아파트를 다시 제
자식에게 되돌려주기 위해서? 이제 퍼즐은 명확해졌다. 너
무도 분명해서 의심의 여지조차 없었다. 그들의 음모는 어
느 드라마보다도 정교했다. 모든 지표들이 하나를 가리키
고 있었다. 민, 네가 없어져야 비로소 한 가족이 진정한 행
복을 찾게 돼. 그러니 제발 꺼져달라고.

이제 정말 끝낼 때가 되었어! 민은 실성한 사람처럼 혼
자 중얼거렸다. 곧 있으면 크리스마스이브였다. 이브가 지
날 때까지는 얌전히 버텨보기로 했다. 그것이 이 집 주인
들이 모셨던 그들의 신에 대한 예의이기도 할 테니까. 거
실 책장에는 목사 부부가 읽던 것으로 보이는 이런저런

책들이 많았다. 민은 밀린 독서를 한 번에 다 할 듯이 거의 매일 책을 읽었다. 책을 읽다 지치면 맥주를 마셨고 맥주를 마시다 지치면 바깥으로 나가 먹을 걸 샀고, 가끔가다 불이 환하게 켜진 어느 집 창문을 발견하면 쉽게 발을 옮기지 못하고 전봇대 뒤에 몸을 가리고 서서 하염없이 창문을 쳐다보았다. 집 안에서 깔깔거리며 쏟아지는 웃음소리가 자신의 것만 같아서 매번 가슴을 쓸어내렸다. 민은 자신에 대한 지독한 살의를 느꼈다. 도스토옙스키가 그랬던가. 오로지 공포를 죽이기 위해 자신을 죽이는 사람만이 진정 신이 될 수 있다고. 『악령』인가, 아마도 그런 소설이었지.

심심할 땐 교회당 안 여기저기를 뒤지기도 했다. 사이비 교회로 소문이 나 있었지만 특별히 이상한 물건은 발견되지 않았다. 서랍에서 목사 부부의 사진을 찾기도 했는데 어디서나 볼 수 있는 선한 인상의 사람들이었다. 이처럼 선한 얼굴도 그릇된 신념이 생기면 길을 가로막고 지옥 운운하며 사람들을 협박하고 귀신을 쫓겠다며 폭력을 행사해 사람을 죽이는 것이다. 그런 일이 정말로 이 공간에서 벌어졌다면 그때 죽은 소녀의 영혼은 아직 교회당을 떠나지 못하고 있겠지. 산다는 건 참으로 이상한 것이다. 타인의 슬픔을 취하며 버티는 것이니까. 타인의 고통을 내부에 차곡차곡 쌓으며 거짓 미소 속에서 자신들은 행복하다고 중얼거린다. 아니, 행복해야 한다고.

낡은 책상 밑에서 동화책 한 권을 찾아낸 것도 소득이었다. 책 하단에 작은 글씨로 『알고 보면 무시무시한 그림 동화』라고 쓰여 있는데 표지랑 뒷장이 뜯겨 나가서 지은이가 누구인지 알 수 없었다. 뜯겨진 동화책을 보자 갑자기 그날 저녁의 동수가 생각났다. 백설공주가 예뻐서 싫다며 볼펜으로 삽화의 눈을 찌르던 아이. 그때 이미 사악한 악마가 방 안에 들어와 있음을 알아보았어야 했다. 어쩌면 아이는 피해자일 수도 있다. 사악한 망령이 아이의 몸에 들어앉아 집안을 파멸로 몰아간 건지도 모르니까. 역시나 사악한 망령에 사로잡힌 목사 부부가 말씀을 저버린 채 이성을 잃고 어린아이를 구타했듯이 말이다.

심심할 때마다 민은 점을 치듯이 책의 아무 곳이나 펼쳐보았다.

—가서 공주를 죽이세요. 아주 잔인하게!

왕비가 사냥꾼에게 명령했다.

—아니, 공주님은 당신의 따님이 아닙니까?

사냥꾼이 난처해하며 물었다.

—하지만 내 사랑을 빼앗아 갔지.

—그게 살인의 이유가 될 수 있을까요?

　왕비가 질투에 넘쳐 대답했다.

　—그럼, 가장 아름다운 인간은 세상에 오로지 한 명뿐이
어야 하니까.

　민은 책을 내던졌다. 이번에는 아무렇게나 굴러다니는
성경을 펼쳤다.

　하나님과 흥정하지 마라.

　솔직하게 말씀드려라. 필요한 것을 구하여라.

　우리는 쫓고 쫓기는 게임이나 숨바꼭질을 하고 있는 것
이 아니다.

　너희 아이가 빵을 달라고 하는데 톱밥을 주면서 아이를
속이겠느냐?

　아이가 생선을 달라고 하는데 살아 있는 뱀을 접시에 담
아 아이에게 겁을 주겠느냐?

　너희가 아무리 악해도 그런 생각은 하지 않을 것이다.

　몇 글자 읽어나가다가 성경을 한쪽으로 밀었다. 시간이
흘렀다. 민은 밥을 먹고 화장실에 가고 책을 읽었다. 책을
던지고 바깥으로 나가 산책을 했다. 다시 밥을 먹고 화장

246

실에 가고 책을 읽었다. 하루하루 절망 상태가 되어갔다. 하루가 지날 때마다 한여름의 빙산처럼 몸에서 조각들이 떨어져 나갔다. 그것들은 저희끼리 부딪치고 표류하며 비명을 질러댔다. 민은 다시 밖으로 나가보았다. 골목을 걸었고 맥주를 사서 마셨고 집으로 돌아와 책을 읽었다.

만약 친구가 생기지 않았다면 민은 더 빨리 무너져 내렸을 것이다. 몸통이 하얀 고양이 한 마리를 만난 건 토요일 저녁이었다. 민은 뒷마당에 있는 감나무 아래에 앉아 까마귀들이 까치밥을 쪼아 먹는 걸 지켜보았다. 한동안 보이지 않던 까마귀들이 다시 동네에 출몰하기 시작했다. 까마귀들은 뒷산 능선에 진을 치고서 아침저녁으로 깍깍 시끄럽게 울어댔다. 돌멩이 하나를 주워 어둑해지는 숲 저편으로 던졌다. 그때 까마귀 울음을 뚫고 흰 물체 하나가 뒷마당으로 툭 떨어졌다. 처음 보는 고양이였다. 너무 몸집이 작아서 고양이인지 쥐인지 처음엔 구분이 가지 않았다. 고양이는 배가 고프다는 듯 민에게 다가왔다. 민은 고양이를 거실로 들여 물과 찬밥을 주었다.

그 뒤 녀석은 잊을 만하면 교회로 내려왔다. 먹을 것을 주면 제멋대로 교회 안을 돌아다니며 여기저기 구경하길 즐겼다. 때론 제가 주인이라도 된 듯 교회 앞에 웅크리고 앉아 지나가는 사람들을 바라보기도 했다. 초겨울비가 매섭게 쏟아지던 어느 날엔가는 느닷없이 집 안으로 들어와 민이 웅크린 소파로 기어들기도 했다. 민은 수건으로 고양이 털에 묻은 물기를 닦아준 뒤 녀석을 껴안고 잤다. 처음으로 민은 어떤 악몽도 꾸지 않고 아침까지 단잠을 잤다. 자고 일어난 뒤 민은 녀석에게 무지라는 이름을 지어주었다. 녀석의 작은 몸통이 무지처럼 쑥쑥 자라길 바라는 마음이었다.

크리스마스이브 저녁이었다. 민은 새벽까지 책을 읽다가 아침에 겨우 잠이 들었다. 눈을 뜨자 이미 해가 지고 있었다. 거리엔 어둠이 내리고 먹구름 낀 하늘에선 흰 눈이 나비처럼 떠다녔다. 민은 어두컴컴하던 거리가 흰색으로 뒤덮여가는 걸 교회 유리문 뒤에 서서 물끄러미 바라보았다. 남편과 여자를 발견한 건 밤이 가까워졌을 때였다. 두 사람을 애써 기다린 건 아니었다. 정말이지 우연이었다. 전조가 없었던 건 아니다. 옆에 있던 고양이 무지가 발바닥을 세운 채 유리문을 바각바각 긁어댔다. 민은 무슨 일인가 싶어 거리로 시선을 던졌다. 젊은 남자가 케이크 상자를 든 채 앞장서서 걸어오고 있었다. 낯이 익다 싶었는데 남편이었다. 동수의 손을 잡은 여자가 까르르 웃음을 흘리며 그의 뒤를 따라 걸었다. 아이의 머리엔 빨간 털모자가 씌워져 있었다.

"옛날 생각 난다, 그치?"

여자가 말했다. 아니, 그렇게 말하는 것처럼 들렸다.

"그래, 벌써 3년도 더 됐지."

남편이 대답했다. 아니, 그렇게 말하는 것처럼 들렸다.

"그거 알아? 내가 유리문 뒤에서 지켜보고 있었던 거?"

여자가 말했다. 아니, 그렇게 말하는 것처럼 들렸다.

"짐작은 했지만, 왜 그랬어? 누가 보면 어쩌려고?"

남편이 물었다. 아니, 그렇게 말하는 것처럼 들렸다.

"혹시 아이를 두고 그냥 갈까 봐 그랬지. 날이 추웠잖아.
일이 잘못되면 얼른 다시 아이에게 달려가려고 눈 이만하
게 뜨고 지켜보았지 뭐야."

"그럴 거면 아이를 바깥에 두지 말았어야지."

"당신 아이잖아. 나는 따스한 집이 부러웠어. 그 안에서
내 아이를 키우고 싶었어. 당신의 사랑을 받으며…… . 다른
방법이 없었잖아."

여자가 말했고 남편이 답했다. 아니, 남편이 말했고 여자
가 답했다. 다시 여자가 말했다. 아니, 남편이 답했다. 아니,
그렇게 말하는 것처럼 들렸다.

"그 얘긴 그만하자. 오늘은 크리스마스이브잖아."

민은 문을 열고 밖으로 나섰다. 무지가 따라 나왔다. 무지
의 흰 털이 눈 속으로 묻혔다. 무지가 빠르게 부부를 뒤쫓

기 시작했다. 안 돼! 민은 재빨리 뛰어가 무지를 따라잡았다. 여자가 인기척을 느꼈는지 뒤로 고개를 돌렸다. 거의 동시에, 넘어지며 무지를 낚아챈 민은 옆에 주차돼 있던 자동차 뒤로 몸을 숨겼다. 여자가 말하는 소리가 들렸다.

"방금, 뒤에서 누가 우릴 따라온 것 같은데……."

여자가 구멍가게로 이어진 길을 손으로 가리켰다.

"저 눈 속에서 누가 우릴 본다고?"

남편이 대수롭지 않게 받아쳤다. 익숙한 장면이었다.

"아냐. 내가 예민했나 봐. 얼른 들어가서 케이크 먹자."

여자가 대답했다.

그날 이후, 민은 고양이 무지를 데리고 거의 매일 아파트 근처까지 가보았다. 교회에서 모자 하나를 찾아낸 건 그즈음이었다. 붉은 테가 있는 검은색의 맥고모자였다. 아마도 마술쇼를 했거나, 아니면 연극을 할 때 소품으로 사용하던 모자인 듯했다. 모자 안쪽엔 헝겊을 덧대 만든 주머니가 달려 있었다. 그곳에 고양이나 비둘기 같은 짐승이나 물건들을 숨겼을 것이다. 민은 모자를 들고 거울 앞으로 가 써보았다. 주인을 만난 것처럼 머리가 모자에 푹 파묻혔다. 목사라도 된 양 설교단 위로 올라갔다. 민은 모자를 벗고 좌중을 향해 정중히 말했다.

"여러분…… 아무것도 생각하지 마십시오. 추측하지 마십시오. 그냥 꺼내는 겁니다. 운명은 정해진 게 아니라 꺼내는 순간 결정되는 거예요. 왜냐하면 그건 어디에도 없고 어디에도 존재하니까요. 자, 다 같이 따라 해보십시오. 여기 한 마리, 여기 두 마리, 여기 세 마리…… 여기 열세 마리…… 여기 스물다섯 마리…… 여기 서른여섯……."

대부분의 사람들이 깊은 잠에 빠져 있을 시간을 택해 민은 모자를 눌러쓴 채 고양이 무지를 어깨에 얹었다. 혹시 누군가 자신을 수상하게 보더라도 모자가 얼굴을 숨겨줄 것이라고 믿으면서. 아파트 출입구 좌측, 약수터로 길이 갈라지는 담장 밑에 헌옷수거함이 놓여 있었다. 304호가 가장 잘 보이는 곳이었다. 그곳에 서서 민은 방 안의 남편을 상상했다. 남편은 코를 골며 잠들어 있을 것이다. 남편은 보통 12시면 잠이 들었다. 여자는 무엇을 하고 있을까, 아니 무엇을 했을까. 아마도 남편의 한쪽 팔을 베고 누워 잠이 들었겠지. 부부 관계가 아주 없는 것은 아니었지만 잦지는 않았다. 남편은 이따금 불만을 내비쳤지만 노골적으로 요구하지 않았다. 지금 저 방의 부부는 어떠할까.

갑자기 304호 거실에 불이 켜졌다. 새벽 2시였다. 베란다 문이 열리고 여자가 난간에 기대 이쪽을 쳐다보는 게 느껴졌다. 민은 순간 갈등했다. 하지만 몸을 숨기지는 않았다. 민에겐 모자가 있었다. 어깨엔 무지가 든든하게 자리를 지켰다. 가로등은 고장이 나 수시로 깜빡였다. 너도 어둠 이쪽의 존재를 느끼고 있겠지. 하지만 어쩌지 못할 것이다. 예상대로 여자는 가로등과 골목과 헌옷수거함을 천천히 훑은 뒤 베란다 문을 닫았다. 몇 초 후 불이 꺼졌다. 여자가 안방 문을 열고 들어가는 게 상상되었다. 남편을 내려다보며 깨울까 말까 고민하겠지. 하지만 깨운다고 남편이 절대로 일어날 리 없다. 그는 항상 피곤하니까. 여자는 이불을 젖히고 남편의 품으로 기어 들어갈 것이다. 그리고 눈을 감는다. 여자는 잠이 오지 않는다. 다시 눈을 뜬다…….

"거긴 내 자리야. 내려와!"

불 꺼진 창을 보며 민은 소리를 질렀다.

당장에라도 달려 올라가 여자를 끌어내고 싶었다. 하지만 아직 때가 아니었다. 멀리서 봄이 오고 있었다. 노란 개나리가 발밑의 뿌리를 모으는 동안 조용히 기다려야 한다. 송장나비가 날개를 펼치기 위해 변태를 준비하듯, 민에게도 시간이 필요했다. 봄이 되면 매년 그랬듯이 노란 개나리들이 지천으로 피어나고 송장나비가 날아다니겠지.

새벽이 될 때까지 민은 어둠의 일부인 양 서 있었다.

그리고 나비

민이 긴 잠에 빠진 건 1월 중순경이었다. 자주 먹지 못했고 전기장판에 의지하였기에 몸이 추웠다. 에너지를 최대한 소비하지 않기 위해 민은 적게 먹고 적게 움직였다. 교회에 숨어든 지 석 달이 되어가자 민은 차츰 그런 생활에 적응해나갔다. 최소한의 음식을 먹은 뒤 잠을 청했다. 잠깐씩 깨어날 때마다 용변을 보고 다시 누웠다. 그렇게 사흘 혹은 나흘씩 연이어 잤다. 소파 옆에 물병을 놓아두고 틈틈이 목을 축였다. 무지는 하루에도 몇 번씩 안방으로 들어와 민을 살피고 나갔다. 바깥에서 음식을 훔쳐 먹기 시작한 듯 주둥이에서 썩은 내가 풍겼다. 그러기를 어느덧 두 달, 그 사이 겨울이 지나 봄이 오고 있었다.

어느 봄날, 문을 열고 밖으로 나왔다. 보이는 하늘이 비정상적으로 맑았다. 민은 슬리퍼를 끌고 동네 주변을 산책했다. 구멍가게 간판은 철거돼 있었다. 가게는 텅 비었고 사람의 흔적은 찾아볼 수 없었다. 가게 밖 평상도 장판이 뜯겨져 나가 흉물스러운 몰골이었다. 여자가 노랗게 그려놓았던 개나리 그림도 비바람에 훼손돼 노란 페인트 자국들만 손바닥처럼 남아 있었다. 민은 통장 잔고를 생각했다. 날씨가 좀 맑아지면 페인트와 붓을 사서 우선 벽부터 말끔히 단장하고 싶었다. 산자락을 타고 내려온 개나리들이 벽에 가로막히지 않고 계속해서 마음껏 이 봄을 춤출 수 있게.

민은 평상에 앉아 숨을 후욱, 내쉬었다. 가슴 속에 숨었던 수만 개의 아가미가 일시에 숨을 쉬는 것 같았다. 이 집에 살던 사람들이 떠올랐다. 쥐약을 사고 고무장갑을 사고 라면을 사기 위해 들락거렸을 이웃들, 그들은 지금 어디로 사라졌을까. 아직도 그들 중 하나가 드륵, 새시 문을 열고 나오는 소리가 귓가에 선명했다. 여자가 살던 2층 창문은 반쯤 열려 있었는데, 자세히 보니 2층으로 오르는 계단 입구에 '세입자 구함'이라는 글씨가 매직으로 반듯하게 쓰여 있었다. 여자가 이사를 가고 아직 빈방으로 남은 듯했다. 민은 주변을 살피며 2층으로 올라가보았다. 부동산에서 잠그는 걸 잊은 건지 새시 문이 별 저항 없이 열렸다. 문을 열자 화장실이 먼저 나오고 그다음 방으로 진입하는 구식 집이었다.

민은 방으로 들어가 창문을 열었다. 삼일아파트 진입로가 한눈에 들어왔다. 이 작은 방에 웅크린 채 수시로 밖을 엿보았을 한 여자가 상상되었다. 그녀는 매일 무엇을 보고 있었을까. 봄이면 노랗게 피어나는 개나리를 그녀도 보았을까. 가끔은 술 취해 휘청거리며 걸어 올라가는 중년 남자들을 내려다보기도 했을 것이다. 그녀도 나처럼 마음이 아팠을까. 그렇게 생각하자 여자의 마음이 조금 이해될 것도 같았다. 함부로 꽃대를 꺾어버리는 위험천만한 행동만 하지 않았어도 말이다. 그녀는 이런 방식으로 평화를 지켜보는 걸 분명 못 견뎌했을 것이다. 어떤 식으로든 삶에 균열이 생기기를 바랐을 것이다. 만약 아이를 죽이지 않았다면 자신의 모가지를 스스로 비틀어버리고 말았겠지.

방을 나서려다가 민은 벽에 걸린 그림 한 점에 문득 시선이 갔다. 방으로 들어올 때는 미처 보지 못했던 작은 그림이 액자에 담겨 있었다. 옷장을 놓은 흔적이 있는 곳이었다. 아마도 그림은 옷장 뒤에 걸려 있어 평소에는 보이지 않았을 것이다. 그건 민도 익히 알고 있는 르네 마그리트의 〈연인〉이라는 그림이었다. 한 쌍의 연인이 얼굴에 보자기를 뒤집어쓴 채 키스를 하고 있는 그림. 민은 서양미

255

술사 시간에 그 그림으로 리포트를 쓴 적이 있었다. 교수
가 중간고사 과제로 낸 '그림 비평'이었다. 민은 친구들이
뻔히 접근하게 될 억압이나 사랑, 집착 같은 키워드를 버
리고 두 연인을 나병 환자로 해석하여 A⁺를 받았다.

서로의 망가진 모습을 차마 보여주지 못하는 두 연인,
그러나 육체에 대한 미련은 어찌할 수 없어서 흰 보자기
를 뒤집어쓴 채 열정적으로 서로의 몸을 탐한다. 거기에는
어떤 순애도 없다. 오로지 욕망만이 남아 있다. 욕망은 미
적 대상이 아닌 더 깊은 근원에 뿌리를 두고 있다고 적었
던가. 근거로써 민은 미학 시간에 어설프게 배운 라캉을
대입시켰다. 욕망은 닿을 수 없는 저쪽에(보자기 너머) 놓
인 실재이며 저쪽의 실재를 동경하여 여기, 현실에서 끝없
이 보자기 바깥을 탐하게 되는 거라고. 진정한 욕망은 관
조의 대상이며 따라서 그것은 소리가 없으며 냄새가 없으
며 결국은 느낌조차 없는 완전한 자유라고.

"그래서, 이 리포트를 통해 하고 싶은 말이 한마디로 뭐
예요?"

수업이 끝나고 교수가 민을 따로 불러 물었던가. 민은
당황한 나머지 머뭇거리며 대답을 하지 못했다. 대단히 정
성을 들인 리포트가 아닌, 이곳저곳 다양한 저작들을 참
고하여 그럴듯하게 포장을 한 리포트임을 잘 알고 있었기

때문이다.

"왜 대답을 못 하죠? 그럼 사랑이 뭐라고 생각해요?"

텍스트가 '연인'이었기에 물어본 질문이었을 것이다.

"악취를 감내하는 달콤함이요……."

교수는 고개를 끄덕이고 다시 물었다.

"그래서 저 두 연인의 키스는 완벽한가요, 허술한가요?"

그 질문에는 확실히 대답할 수 있었다. 타락할수록, 썩어 문드러질수록 완벽에 가까워지는 법이니까. 아니, 신의 의도에 다가서는 일이니까.

"완벽합니다!"

교수는 더 묻지 않고 책을 챙겨 밖으로 나갔다.

저기 봄이 오고 있다.

저기 노랗게 개나리가 피고 있다.

여자는 그것으로 만족했어야 한다. 바라보는 것으로. 단지 향유하는 것으로…….

꽃을 만지고 냄새를 맡기 위해 문밖으로 나서는 순간 삶에 비극이 시작된다. 결핍이 새로운 움직임을 촉발한 거겠지만 그런 식의 움직임은 반드시 대가를 치르게 돼 있다. 너는 규칙을 어겼어! 민은 들고 있던 액자를 던졌다. 사각의 틀이 무너지며 유리에 금이 갔다. 민은 날카롭게 모서리를 드러낸 유리들을 하나씩 걷어냈다. 인사동 같은 곳에서 파는 조악한 복사본인 줄 알았는데 모사 작품일지언정 진짜 유화였다. 여자가 이사를 가면서 어쩌다 액자 하나를 동전처럼 던져놓고 간 건지 민은 알지 못한다. 훗날의 방문자를 위한 어떤 상징이 아닐까? 민은 그림을 가스레인지로 가져가 불을 붙였다. 〈연인〉은 채 30초도 안 돼 연기를 피우며 한 줌 재가 되었다. 여길 들어서는 누구도 보자기를 덧댄 얼굴 따위를 두고 의미를 상상하지 않도록.

그날 이후에도 민은 종종 교회를 나와 구멍가게 2층으로 숨어들었다. 그때마다 그림자처럼 무지가 따라다녔다. 그녀를 눈여겨보는 사람은 없었다. 그새 무뎌진 걸까. 설령 남편을 만난다고 해도 두려울 게 없다고 생각했다. 이미 서로 다른 시간과 공간을 살고 있다. 어긋난 시공이 다시 결합되기엔 너무 멀리 와 있는 것 같았다. 민은 최대한 자연스럽게 행동했다. 하루는 연장을 들고 올라가 삐걱거리는 구멍가게 평상에 못을 박았고 걸레로 장판을 반들반들하게 닦았다. 그사이 오른쪽 등성이로 노란 개나리가 움을 밀고 올라왔다. 3월 하순경이었다. 드문드문 심어져 있던 목련도 하얀 꽃을 피웠다. 며칠 뒤에는 진달래와 벚나무 가지에도 하얗고 붉은 빛들이 차례로 허공을 찢으며 존재를 드러냈다. 꽃과 나무, 푸른 줄기가 뒤섞인 세상은 온통 꽃 천지여서 민은 외출할 때마다 마음이 환해지곤 했다.

봄이 왔지만, 묵은 상처는 여전히 곳곳에 도사리고 앉아 삐걱 소리를 냈다. 그때마다 민은 집 안을 청소했고 노래를 흥얼거렸으며 바깥으로 나와 새소리를 들었다. 당분간은 봄을 즐기고 싶었다. 새처럼 곤충의 날개처럼 춤을 추고 싶었다. 어디든 마음껏 떠다니고 싶었다. 이미 자유였다. 상처 입은 채 부서진 심장에 하나둘 싹이 자라고 있었다. 지독히 외로웠지만 그만큼 마음이 평안했다. 교회를 떠날 때가 다가온 것이다. 어디로 흘러가야 할까. 아버지의 염소 농장일까. 아버지를 설득해 다시 염소를 사들이고 녹슨 자전거에 기름을 쳐 시골길을 마음껏 달려볼까. 어쩌면 나비가 되어보는 것도 나쁘지 않겠다는 생각이 들었다. 그 생각을 하자 어느 순간부터 부쩍 옆구리 부분이 가려워지기 시작했다. 흰 벚꽃이 매일 한 움큼씩 지고 있었다.

날씨가 유난히 따사롭던 4월 어느 날이었다. 무지와 함께 약수터로 오르던 민은 아파트 현관으로 낯익은 얼굴이 빠져나오는 걸 지켜보았다. 언젠가 본 적이 있는 여자였다. 여자는 꽃구경이라도 가듯 아이가 탄 유모차를 밀며 천천히 정문으로 내려왔다. 무릎까지 내려오는 붉은빛 치마가 꽤나 잘 어울렸다. 여자는 헌옷수거함 앞에서 잠깐 망설였다. 공원으로 갈지, 약수터로 올라갈지 결정을 하지 못한 것 같았다. 노랗게 달아오른 개나리꽃 무덤 속에 숨어 여자를 살피던 민은 여자가 약수터로 방향을 틀자 숲으로 몸을 숨기고 나뭇가지 사이로 언뜻언뜻 비치는 여자의 동선을 추적해나갔다. 여자는 풍경을 즐기는 듯 아주 천천히, 마치 붓으로 그림을 그려나가듯 화사한 계절 속에 제 몸을 밀어 넣고 있었다.

여자가 약수터에 다다른 건 그로부터 15분쯤 지나서였다. 여자는 빨간 바가지로 물을 떠서 입 안을 헹구고 아이에게도 먹였다. 행복해 보였다. 여자는 약수터 맞은편, 언덕 밑에 유모차를 세웠다. 몇 해 전 장마가 훑고 지나간 뒤, 구에서 새롭게 조성한 신식 화장실이 거기 있었다. 아이를 살피고 싶었는지 여자는 차양을 치웠다. 아이의 까만 머리통이 햇빛 아래 반짝반짝 빛을 튕겨냈다. 여자는 얼굴에 살포시 웃음을 띤 채 계단을 걸어 올라갔다. 중간에 한 번 뒤를 돌아보았고 화장실 문을 열기 전 다시 계단 아래 놓인 유모차를 살폈다. 그런 엄마를 향해 아이는 모가지를 길게 뺐던가. 민은 안타까움에 혀를 찼다. 삶은 제 꼬리를 잡기 위한 투쟁인지도 모르지. 우로보로스처럼. 불행해지지 않기 위해 아무리 발버둥 쳐도, 결국 제 그림자를 벗어나지 못하는 것. 측은하고 망측해라. 제 흉측한 그림자를 들키지 않기 위해 애써 뒤꿈치를 들고 다니는 저 어리석은 움직임이여.

"엄마, 머야, 엄마, 머 머……."

나비. 그 순간 민은 보았다. 수백, 수천 마리의 흰나비 떼. 어디서 나타났는지 모를 나비들이 약수터 주변을 만장이 휘날리듯 날아다녔다. 저마다의 날개가 햇빛을 튕겨내면서 마치 해수면이 빛을 받아 반짝거리듯 약수터 주변이 흰빛으로 환하게 어우러졌다. 숲 전체가 하얗게 살아서 수런거리고 있는 것처럼. 아니, 악동들이 서로 뒤엉켜 장난을 치며 해맑게 뛰어노는 것처럼. 여기 한 마리, 여기 두 마리, 여기 세 마리……. 민은 몸을 일으키며 자신도 모르게 중얼거렸다. 여기 나비 네 마리, 여기 나비 다섯 마리……. 지금쯤 여자가 휴지를 찾고 있을 시간이었다. 여기 나비 여섯 마리…… 여기 나비 일곱 마리…….

저만치 아이의 까만 머리통이 손아귀에 가까워졌다.

지난해 봄 이런 종류의 스토리가 쓱 지나갔다.

나는 잠깐의 두려움과 설렘 속에 오래 서 있었다.

읽을 때 흐름을 방해하지 않기 위해 각주 표시를 생략했다. 창세기 3장 일부(1절~6절)와 유진 피터슨의 메시지 성경(7절~11절), 『알고 보면 무시무시한 그림동화』(기류 미사오 지음)와 『걸리버 여행기』의 일부 내용이 직접 혹은 변형 인용되었다. 『카라마조프가의 형제들』과 안네마리 피퍼의 『선과 악』 일부 내용은 간접 인용되었으며 아하스 페르츠는 여러 출처 중 『사람의 아들』(이문열 지음)을 모본으로 삼았다. 또한 푸코의 『정신병과 심리학』, 라캉의 『욕망 이론』, 조르조 아감벤의 『내용 없는 인간』, 모리스의 『털 없는 원숭이』, 프레이저의 『황금가지』도 이 소설을 쓰면서 화자의 정신세계를 형성하기 위해 함께 읽었던 책들이다.

이 소설은 처음과 끝이, 왼쪽과 오른쪽이, 위와 아래가, 과거와 현재가 구분되지 않고 동그라미 안에 뒤섞여 있다. 우리는 여전히 제 꼬리의 기원을 찾아, 제 꼬리를 물기 위해 살아가고 있지 않은가. 진실과 정의, 시대와 역사, 슬픔과 기쁨, 잠깐 스치는 인연들, 나아가 우리 삶이 이럴 것이다.

아무렇게나 휘갈겨놓은 초고를 읽고 소설이 될 것 같다고 말해준 제자 김서현에게 감사의 마음을 전한다. 매번 게으른 나를 채찍질해주신 임영희 선생님께도 감사드린다. 내가 놓친 주인공의 심리를 적절하게 조언해준 편집부에도 깊은 신뢰의 마음을 전한다.

2021년 9월
목동 시절 권정현

검은 모자를 쓴 여자

ⓒ 권정현, 2021

초판 1쇄 인쇄일 2021년 9월 14일
초판 1쇄 발행일 2021년 9월 30일

지은이   권정현
펴낸이   정은영
편집   김보성 김정은 정사라
마케팅   최금순 오세미 김하은
제작   홍동근

펴낸곳   (주)자음과모음
출판등록   2001년 11월 28일 제2001-000259호
주소   10881 경기도 파주시 회동길 325-20
전화   편집부 (02)324-2347 경영지원부 (02)325-6047
팩스   편집부 (02)324-2348 경영지원부 (02)2648-1311
이메일   munhak@jamobook.com

ISBN 978-89-544-4755-3 (03810)